Kate Calloway

Erster Eindruck

Kate Calloway

Erster Eindruck

Offensive Krimi

aus dem amerikanischen Englisch
von Elisabeth Brock

Frauenoffensive

1. Auflage, 1997

Originaltitel: 1st Impressions

ISBN 3-88104-292-X

Druck: Clausen & Bosse, Leck
Umschlaggestaltung: Frauke Bergemann, München

Dies Buch ist gedruckt auf Papier aus chlorfrei gebleichtem Zellstoff.

Die Personen

Cassidy James .... Privatdetektivin
Erica Trinidad .... Schriftstellerin
Buddy Drake .... Postbote
Ed Beechcom .... Postmeister
Betty Beechcomb .... seine Frau
Lizzie Thompson .... Barfrau
Tommy Green .... Tankwart
Jess Martin .... Gelegenheitsarbeiter
Jessica .... seine Tochter
Dougie .... sein Sohn
Alan Pinkerton .... Dougies Freund
Dunk Foster .... Dougies Freund
Martha .... Polizistin
Tom Booker .... Sheriff
Hank Grimes .... Sergeant

1

Das Problem beim Versenken einer Leiche im Rainbow Lake ist, daß sie ziemlich schnell wieder hochkommt, selbst wenn sie mit Stricken und Zement beschwert wurde. Schuld daran sind die Katzenfische und Riesenstöre, die auf dem schling- und wasserpflanzenreichen Grund auf Futtersuche sind. Gemeinsam machen sie kurzen Prozeß mit jedem Stück Fleisch, das ihnen in den Weg schwimmt, und so dauert es nicht lange, bis das, was dann übrig bleibt, an die Oberfläche kommt. Pech für den Bootsmann, der die schlimme Entdeckung macht.

Walter Trinidad lag höchstens achtundvierzig Stunden im Wasser, als unser Postbote, Buddy Drake, auf seiner morgendlichen Tour auf ihn stieß. Da er glaubte, einen schwimmenden Ast gefunden zu haben, wendete er sein Motorboot, um ihn ans Heck zu binden und später vor seinem Haus am See an Land zu ziehen. Als ausgefuchster Sparer mußte Buddy schon seit Jahren weder Feuer- noch Bauholz kaufen, sondern lebte ganz bequem von den Schätzen, die See und Land ihm schenkten.

Als er ins Wasser griff, um nach seiner neuesten Beute zu angeln, hatte Buddy statt dessen ein Büschel von Walter Trinidads dickem roten Bart in der Hand, den die Fische unversehrt gelassen hatten. Anhand des Bartes konnte Walter Trinidad identifiziert werden, denn der Rest seines Gesichts war bis zur Unkenntlichkeit zerstört.

In Cedar Hills, Oregon, verbreiten sich Nachrichten wohl schneller als irgendwo sonst auf der Welt. Während ich duschte, mein Haar in eine annehmbare Form fönte und für den Morgenspaziergang in einen alten grauen Trainingsanzug und Turnschuhe schlüpfte, hatte Buddy Drake Walter Trinidads Leiche schon zur öffentlichen Anlegestelle geschleppt.

Ich sprang in mein himmelblaues offenes Boot, warf den Motor an und fuhr die halbe Meile zum Hafen von Cedar Hills, wo ich einen Liegeplatz habe. Bei voll aufgedrehtem Motor brauche ich dafür nur ein paar Minuten, aber oft lasse ich mir Zeit, um die Gerüche, den Anblick und die Geräusche der Natur um mich her zu genießen. Als ich an diesem Morgen so vor mich hin tuckerte, bemerkte ich zwar die Menschenansammlung am Dock, hielt aber nicht an. Vielleicht hatte jemand ein neues Boot gekauft, und die Einheimischen nahmen es in Augenschein, dachte ich. Als ich an der Hafentankstelle anlegte, erwartete mich Tommy Green.

„Morgen, Miss James. Schon gehört?“ fragte er mit spitzbübischem Grinsen auf seinem jungen sonnengebräunten Gesicht.

„Hallo, Tommy. Was gibt's Neues?“

„Sie sind eben daran vorbeigefahren. Der alte Buddy Drake ist vor etwa einer Stunde in diesen Walter Trinidad reingerauscht.“

„Buddy Drake ist in ihn reingerauscht? Ist ihm was passiert?“ fragte ich.

„Soll ich volltanken?“ Tommy deutete auf die Zapfsäule. Ich nickte, und er fuhr fort:

„Nein, er war bereits tot. Außerdem hatten die Fische ihn schon ziemlich zugerichtet. Nicht mehr viel von ihm übrig, soviel ich sehen konnte. Als ich es hörte, ging ich sofort hinüber, aber Mr. Townsend wollte, daß ich zurückkomme und die Rampe zu Ende putze. Sobald ich fertig bin, laufe ich wieder hin. Wollen Sie mitkommen?“

Die Aussicht, einen teilweise skelettierten Walter Trinidad zu betrachten, lockte mich nicht im geringsten. Selbst als er noch am Leben war, hatte ich den Mann nicht gern angesehen. Walter Trinidad, ungehobelt und arrogant, war in Kalifornien als Grundstücksmakler groß rausgekommen und hatte sich ein teures Seegrundstück in Oregon gekauft, wo er jeden Sommer zwei Monate lebte und die weniger privilegierten Einheimischen herumkommandierte. Sein Abgang würde wohl nicht von vielen beklagt werden.

„Ich glaube, ich verzichte, Tommy. Aber danke für die Einladung. Sie werden mich dann sicher mit allen ekligen Einzelheiten versorgen.“

„Aber gern, Miss James. Mit Vergnügen.“

Es war wie immer schwer zu sagen, ob Tommy scherzte oder es ernst meinte. Sein Koboldgesicht schien dauernd zu lachen, und seine Augen glitzerten immer ein bißchen boshaft. Sein Akzent kam direkt aus *Deliverance*. Die meiste Zeit hörte er sich an wie ein Hinterwäldler, aber dann kam er plötzlich mit einer verblüffenden Weisheit daher, die mir den Gedanken nahelegte, Tommy sei um einiges klüger, als es den Anschein hatte. Ein Rätsel, woher er seinen Dialekt hatte. Er war nicht der einzige in Cedar Hills, der in einer stilisierten Mischung aus Texas, Alabama und den Ozarks näselte. Ich lebte jetzt seit drei Jahren unter diesen Leuten und bewunderte immer noch den vielschichtigen Dialekt, der die ganze Stadt durchdrang. Zehn Meilen weiter südlich, in Kings

Harbor, reden die Leute so, wie ich mir normales Englisch vorstelle. Doch hier in Cedar Hills, einer Gemeinde von nicht ganz neunhundert Menschen, spricht mindestens die Hälfte der Bevölkerung das, was ich scherzhaft Cedar-Hills-Geknödel nenne.

Ich überließ mein Boot Tommys kompetenten Händen, schleppte meine Abfallsäcke zu den Containern, die für Kunden des Bootshafens aufgestellt waren, und machte mich auf meinen täglichen Gang durch die Straßen von Cedar Hills.

Allein in einem Haus zu leben, das nur mit dem Boot zu erreichen ist, mag manchen hart erscheinen, für mich ist es das Paradies. Gut, das Einkaufen von Lebensmitteln und das Entsorgen des Abfalls dauert länger, aber diese kleinen Unannehmlichkeiten sind Teil des Vergnügens, am See zu leben. Meine tägliche Runde durch Cedar Hills verschafft mir soviel Bewegung und Begegnung, wie ich brauche. Ich komme immer wieder gern in mein Haus aus Eichen- und Zedernholz zurück, mit Balkendecken, einem großen gemauerten Kamin und Panoramafenstern zum See. Meine zwei Katzen, Gammon und Panic, sind treue und zärtliche Gefährtinnen, und wenn ich wirklich mal menschliche Ansprache brauche, ist meine beste Freundin Martha in Kings Harbor nur einen schnellen Anruf weit entfernt.

Drei Jahre lebte ich nun schon so und erholte mich vom Verlust meiner Geliebten, die nach schmerzlichem Kampf dem Krebs erlegen war. Sie war meine Lebensgefährtin, meine Partnerin, meine langjährige Begleiterin gewesen. Am Ende nur noch ein Schatten ihrer selbst, hatte sie gebettelt, gehen zu dürfen. Auch ich betete zu einem Gott, den ich lange Zeit verflucht hatte, ihr einen schnellen Tod zu schicken. Als alles vorbei war, hinterließ sie eine unerträgliche Stille. Was von meinem Leben noch übrig war, hatte keinen Sinn mehr.

Das Geld aus ihrem ansehnlichen Erbe, ihre Lebensversicherung und unser gemeinsamer Besitz reichten für meinen Lebensunterhalt. Ich hatte es nicht nötig und auch nicht den Wunsch, weiter als Lehrerin zu arbeiten. Ich fand am ewigen Sonnenschein in Südkalifornien, der mir früher immer Freude gemacht hatte, keinen Geschmack mehr. Nicht mein Lebenswille war verschwunden, nur meine Lust am Leben.

Martha, meine erste Zimmerkollegin im College, überredete mich, nach Oregon zu kommen. Sie hatte sich langsam, aber sicher in der Polizei von Kings Harbor nach oben gearbeitet und glühte förmlich vor Begeisterung über das Leben an der Nordwestküste des Pazifik.

„Cass, du mußt es ausprobieren", sagte sie in einem Ferngespräch, nachdem Diane gestorben war. „Hier ist die Luft noch blau, wenn es nicht regnet, und die Leute grüßen einander. Und", fügte sie mit ihrer rauchigen Stimme lachend hinzu, „keine der Frauen leidet an dieser ungesunden Magersucht, wie viele in Kalifornien."

Martha, immer im Kampf gegen ihre Pfunde, hatte die Bikinidamen der Studentinnenenverbindungen, die sich um den Swimmingpool unseres Wohnheims der Universität von Kalifornien drapierten, stets verabscheut. Das war vor fünfzehn Jahren gewesen. Ich verstand, daß Oregon ihr zusagte.

„Es gibt nur ein Problem", fuhr sie fort, „hier kannst du Lesben nicht von Heteras unterscheiden. Wirklich, Cass. Alle Frauen tragen Jeans und Flanellhemden. Manchmal ist das verwirrend."

„Muß wirklich ein Problem für dich sein", scherzte ich. Martha war ziemlich berühmt für ihre Amouren. „Hoffentlich sind dir keine schlimmen Einschätzungsfehler unterlaufen. Du hast immer geprahlt, jede Lesbe auf eine Meile Entfernung zu erkennen."

„Doch, beinahe, Cass. Einmal lag ich haarscharf daneben. Ich mußte lernen, es etwas langsamer anzugehen. Natürlich werde ich auch älter. Kann meinem Ruf nicht mehr gerecht werden, wenn du verstehst, was ich meine."

Das Gespräch mit Martha hatte mich zum Lachen gebracht, wie immer, und ich fühlte mich besser. Mehrere Gespräche später hatte mich Martha so weit, daß ich sie besuchen kam, und als meine Besuchszeit abgelaufen war, hatte ich mich in das nahegelegene Cedar Hills verliebt. Ich entdeckte das schöne Holzhaus auf der zedern- und föhrengesäumten Lichtung hoch über dem See und wußte, daß ich eine neue Heimat, einen heilenden Ort gefunden hatte.

An dieser Stelle kicherte ich über Marthas kontinuierlichen Einfluß auf mein Leben. Hatte sie mich nicht nur vor zwölf Jahren mit dem lesbischen Lebenstil bekannt gemacht, sondern auch aus dem südkalifornischen Trübsinn gerissen und kurz danach überzeugt, einen neuen Beruf auszuprobieren, den einer Privatdetektivin.

„Du machst wohl Witze!" sagte ich, als sie zum erstenmal davon sprach. „Ich verstehe nicht das Geringste von so etwas."

„Aber du bist ein Naturtalent, Cass. Du hast die richtigen Instinkte. Hör zu, wir haben Leute in der Polizei, die für diese Arbeit nicht halb so begabt sind wie du. Und das Schöne am Beruf einer Privatdetektivin ist, daß du dich nicht mit einem Haufen blöder Vorgesetzter rumschlagen mußt. Du kannst einen Fall annehmen oder ablehnen. Du hast die Wahl. Du bist dein Boss."

„Aber Martha", sagte ich, während ich mich heimlich bereits für die Idee erwärmte, „du vergißt eine wichtige Tatsache. Ich bin feige. Werden Privatdetektive nicht häufig erschossen?"

„Cass, du hast zuviel *Magnum* gesehen. So gefährlich ist es wirklich nicht. Meist braucht es nur Logik und Zielstrebigkeit, um Lösungen zu finden, auf die andere nicht kommen. Genau das hast du gemacht, als ich dir von meinen Schwierigkeiten im Fall Blake erzählte und du mit einer Antwort gekommen bist, die niemand von uns eingefallen war. Damals dachte ich zum erstenmal, Cass ist ein Naturtalent. Außerdem könnten wir hier eine tüchtige Privatdetektivin brauchen. Der einzige, der etwas taugt, ist Jake Parcell, und der geht auf die siebzig zu. Außerdem, was verlierst du schon dabei? Gefällt es dir gar nicht, hörst du einfach auf und gehst wieder an deinen Steg zum Fischen."

In Wirklichkeit langweilte ich mich bereits zu Tode und brauchte irgendeinen Grund, um morgens überhaupt aufzustehen. Zwei Monate nichts als Fischen war mehr, als ich ertragen konnte. Schließlich gestattete ich Martha, mich ihrem alten Freund Jake vorzustellen, einem kauzigen ehemaligen Polizisten, der in Kings Harbor Privatdetektiv geworden war. Fast drei Jahre arbeitete ich mit Jake, lernte die Kniffe, machte Handlangerdienste, erledigte den Papierkram und leistete ihm bei einsamen Einsätzen Gesellschaft. Oft war die Arbeit langweilig. Es gab lange Strecken, wo nichts passierte. Aber gerade oft genug, um mich bei der Stange zu halten, kam etwas wirklich Aufregendes daher, und ich entdeckte zu meiner

Überraschung, daß ich eine ganz passable Detektivin bin. Meine angeborene Neugier schien der Aufklärungsarbeit entgegenzukommen. Ich kann logisch denken und bin sehr hartnäckig, und wenn ich einmal mit einer Sache angefangen habe, verfolge ich sie bis zum Ende. Sogar Jake, der selten für andere ein nettes Wort übrig hatte, sagte, ich sei die geborene Schnüfflerin. Ein hohes Lob aus seinem Mund.

Er zahlte mir fast nichts, was er mir aber, neben dem üblichen Handwerk einer Detektivin, mitgab, war eine eindrucksvolle Fertigkeit im Schlösserknacken und ein Gespür dafür, ob jemand log oder die Wahrheit sagte. Außerdem lernte ich genug alte Polizeiwitze und -geschichten für den Rest meines Lebens.

Martha brachte mir das Schießen bei, und ich wurde mit der Smith & Wesson .38 zu einer ganz guten Schützin. Anfangs maulte ich zwar, aber sie bestand darauf, daß ich den Umgang mit Waffen lernte, schließlich lebte ich allein im Wald, in einem Haus ohne Straßenanbindung, und das sei Grund genug, eine Pistole zu besitzen und sie handhaben zu können. Das überzeugte mich. Auch wäre es in dem unwahrscheinlichen Fall, daß ich als Privatdetektivin einmal in eine gefährliche Situation geriete, nicht schlecht, eine Art Selbstschutz zu haben, sagte sie.

Da war ich also: eine Frau von dreißig Jahren, die Schlösser knacken und mit einer Pistole umgehen konnte. Für den Fall, daß das nicht ausreichte, jemanden von meinen Fähigkeiten zu überzeugen, hatte ich einen Stapel toller Visitenkarten und eine nette kleine Lizenz als Beweis, daß ich tatsächlich Detektivin war. Doch ehrlich gesagt, jetzt, da ich endlich meine Lizenz hatte, dachte ich daran, das Ganze als Spinnerei zu betrachten, aufzugeben und mich von meinem Steg aus wieder ernsthaft der Forellenfischerei zu widmen.

Hätte mir an diesem Morgen, als ich mich warmlief, jemand gesagt, daß ich bald an einem Fall arbeiten würde, der mit dem Tod von Walter Trinidad zusammenhing, ich hätte es nicht geglaubt. Aber bevor ich meinen Spaziergang beendet hatte, war ich bereits in diese Geschichte verwickelt.

2

Die letzte Station auf meinem Rundgang ist immer McGregors, der einzige Laden am Ort, günstig gegenüber von zwei der drei Bars gelegen. Für eine so kleine Stadt ist McGregors ein erstaunlich gut sortierter Supermarkt. Ich hatte den Kauf einer Artischocke und eines Steaks geplant. Zusammen mit gedünsteten Shitake-Pilzen und einem guten Cabernet würde das ein ordentliches Abendessen abgeben. Alleinleben muß ja nicht heißen, daß ich mich von tiefgekühlten Fertigmenüs ernähre. Im Gegenteil: In dem Jahr nach Dianes Tod war fast eine Gourmet-Köchin aus mir geworden.

Ich hatte noch nicht den Parkplatz überquert, als ein alter, heruntergekommener Ford-Transporter daherrumpelte und neben mir hielt. Mit seinen ein Meter achtzig und seinem langen braunen Haar, das er zu einem Pferdeschwanz zusammengebunden trug, war Jess Martin nicht zu übersehen. Auf seinen mageren Wangen sproß ein permanenter Dreitagebart, was ihm ein draufgängerisches Aussehen verlieh; fehlte nur noch die schwarze Augenklappe, und das Bild eines verwegenen Piraten wäre perfekt. Er schien sich seines guten Aussehens jedoch nicht bewußt zu sein, und unter anderem deswegen mochte ich ihn. Wie viele hatte es ihn aus einer anderen Gegend hierher verschlagen. Ein latenter Hippie, mit einer schweren Zeit in Vietnam hinter sich, hatte er nun in Cedar Hills, wo er den Sommer über für die reichen Hausbesitzer am See jobbte, eine Art Frieden gefunden. Es gab zwar Gerüchte über eine unehrenhafte Entlassung und alle möglichen Spekulationen, aber ich kannte Jess nur als aufrechten Kerl mit einem Herzen aus Gold. Außerdem hatte ich gelernt, nichts auf den Klatsch von Cedar Hills zu geben. Er hatte im letzten Jahr auch bei mir gelegentlich ausgeholfen, und wir hatten Vertrauen zueinander gefaßt.

„Hier bist du also", sagte er durchs offene Fenster seines Transporters. „Ich habe dich überall gesucht. Wie geht's meiner Lieblingsdetektivin?"

„Hallo, Jess. Was gibt's?"

„Na, wenn du es nicht weißt, bist du die einzige in der Stadt. Buddy Drake hat heute morgen eine Leiche im See gefunden. Sieht nach Walter Trinidad aus. Was von ihm übrig ist, liegt noch immer drüben am Anleger. Die Cops lassen keinen ran, jetzt, nachdem sie endlich eingetroffen sind, aber ich habe eine Blick darauf werfen können, und ich kann dir sagen, es war kein schöner Anblick. Man sieht sofort, daß er ermordet wurde."

Meine Neugier gewann die Oberhand, und ich fragte: „Ermordet? Wie kommst du denn darauf?"

„Erstens hängt an seinem Fußknöchel noch ein Stück Seil. Anscheinend hat jemand versucht, ihn mit einem

Gewicht zu beschweren. Und du wirst es nicht glauben, aber ihm fehlt etwas Bestimmtes, und ich bezweifle ernsthaft, daß das aufs Konto der Fische geht." Als ich die Augenbrauen hochzog und mildes Interesse signalisierte, stellte Jess den Motor ab, beugte sich aus dem Fenster und sagte fast flüsternd: „Ich hab' mir das nicht ausgedacht, Cassidy. Sieht aus, als hätte jemand dem Bastard den Schwanz abgehackt."

„Was?" fragte ich ungläubig. „Wie willst du wissen, daß es nicht ein Teil... naja... daß es nicht die Fische waren?"

Jess griff in die Brusttasche und zog eine selbstgedrehte Zigarette heraus. Als ich das zum erstenmal bei ihm sah, dachte ich, er zündet sich einen Joint an, aber er war der bescheidenste Mann, den ich kannte, und um sich das Rauchen leisten zu können, mußte er sich die Zigaretten selbst drehen. Er ließ sich beim Anzünden Zeit und genoß meine Neugier.

„Es ist so: Die Stellen, wo Fische dran waren, erkennt man daran, daß sie ausgefranst sind. Das Gesicht zum Beispiel. Von seinen Wangen ist oberhalb des Bartes nichts mehr übrig, und die Lippen sind fast weg. Auch die Augen sind ziemlich angefressen. Aber der Schwanz, entschuldige den Ausdruck, sieht ganz anders aus. Er wurde sauber abgeschnitten, wie mit einem Schlachtermesser. Die Eier dagegen sind wieder reichlich angeknabbert."

Ich merkte, daß Jess sich großartig amüsierte, aber mir wurde leicht flau im Magen. „Hm, schon gut, Jess. Ich kann es mir vorstellen. Übrigens, hast du gesehen, ob Martha bei den Cops war?"

Jess hatte Martha ein paarmal getroffen, als er bei mir arbeitete, und eines Nachmittags hatten wir uns alle drei blendend unterhalten und reichlich gebechert, weil ein

Sturm aufkam und uns ins Haus zwang, bis er sich gelegt hatte. Martha und Jess hatten sich prima vertragen.

„Klar ist sie dabei. Deswegen bin ich auf der Suche nach dir durch die ganze Stadt gefahren. Ich glaube, sie hat eine Klientin für dich."

Jess war einer der wenigen, die von meinem neuen Beruf wußten, und ganz weg bei der Vorstellung, eine Privatdetektivin zu kennen.

„Was meinst du damit, eine Klientin für mich?" fragte ich, plötzlich von Panik erfaßt.

„Nun, das hat sie gesagt. Sie bat mich, dich zu suchen, weil sie eine Klientin für dich hätte, und du solltest dich beeilen, sonst ist sie weg."

„Wer ist die Klientin?" fragte ich.

Er zuckte mit den Schultern. „Martha hat sich ewig lang mit einer Frau unterhalten. Die sah Klasse aus. Ich denke, sie ist es, mehr hat sie aber nicht gesagt. Soll ich dich hinfahren?"

In seinem Auto hing der Geruch, der viele Häuser am See heimsucht – Schimmel und Regenfäule – aber für heute war ich genug zu Fuß gegangen, und so stieg ich ein.

Die Polizei hatte den ganzen östlichen Teil des Docks abgesperrt. Die Neugierigen waren auf Parkuhren geklettert, um einen Blick auf die Leiche werfen zu können, wie sie auf die Pritsche gelegt und in ein Ambulanzauto aus Kings Harbor geschoben wurde. Ich war froh, daß mir der direkte Blick auf Walter Trinidads Leiche erspart geblieben war, Jess' Beschreibung genügte mir bis auf weiteres. Die Polizisten standen in Gruppen beisammen und unterhielten sich. Ich sah mich nach Martha um und entdeckte sie im Gespräch mit einer jungen Frau. Die war tatsächlich

Klasse, wie Jess sich ausgedrückt hatte. Dabei sah Martha auch nicht übel aus. Sie lamentierte zwar pausenlos über ihre Tendenz, Gewicht zuzulegen, aber in Wirklichkeit bestand das Gewicht überwiegend aus wohlproportionierter Muskulatur. Mit ihren großen braunen Augen und den Grübchen in den Wangen hätten die meisten Leute sie wohl als attraktiv beschrieben, aber die Frau, mit der sie sich unterhielt, war umwerfend. Ihr Haar war schwarz und modisch kurz geschnitten, was ihre ausgeprägten Wangenknochen und weit auseinanderliegenden Augen betonte. Sie trug eine Freizeithose und einen übergroßen Pullover, darunter verbarg sich offensichtlich der Körper eines Fotomodells. Als ich mich näherte, wurde mir bewußt, daß ich noch in Trainingsanzug und Tennisschuhen steckte. Martha blickte auf und winkte mich heran.

„Cass, gut, daß du kommst", sagte sie. „Das ist Erica Trinidad. Erica, das ist Cassidy James, die Privatdetektivin, von der ich sprach."

„Angenehm." Sie schüttelte mir mit festem Druck die Hand.

„Das Vergnügen ist ganz meinerseits", sagte ich und fühlte mich wie eine Vollidiotin. Niemand sagt: „Das Vergnügen ist ganz meinerseits." Keine Ahnung, wo ich das aufgeschnappt hatte, aber diese strahlend blauen Augen verwirrten mich.

„Erica", fuhr Martha fort, „ist die Nichte des Verstorbenen. Sie ist auf der Durchreise nach Norden und einige Tage hier zu Besuch. Jetzt befindet sie sich in der wenig beneidenswerten Lage, die einzige Verwandte in der Gegend zu sein. Wir haben sie gebeten, vorerst in der Stadt zu bleiben, aber sie möchte gern ihre Reise fortsetzen und fragte mich deswegen nach jemand aus dem privaten Sektor, der die Aufklärung beschleunigen könnte. Da dachte ich natürlich an dich."

Martha war offensichtlich sehr um diese Frau bemüht und formulierte so elegant wie möglich. Ich enttäuschte sie nicht gern, hatte aber nicht die Absicht, in eine Sache verwickelt zu werden, die meine Fähigkeiten bei weitem überstieg.

„Tut mir leid, Ms. Trinidad", sagte ich. „Ich fürchte, meine Freundin überschätzt meine Fähigkeiten. Ich habe keine Erfahrung mit Mordfällen, und wenn es sich wirklich als solcher herausstellt, bin ich bestimmt keine große Hilfe. Ich bin sicher, die Polizei wird alles in ihrer Macht Stehende tun, um die Sache zügig zu bearbeiten." Ich lächelte Martha süß an und dachte: „Touché!"

„Oh, es war bestimmt Mord", sagte Erica. „Ich bin nicht einmal besonders überrascht. Tut mir leid, das zu sagen, aber mein Onkel war ein widerliches Schwein. Und ein Lustmolch obendrein. Im Moment behandelt mich die Polizei wie eine Verdächtige, und ehrlich gesagt, bei dem Gedanken, daß Sergeant Grimes den Fall in der Hand hat, fühle ich mich nicht wohl. Er scheint ziemlich barsch."

„Sergeant Grimes?" fragte ich Martha. Sergeant Grimes war jahrelang Marthas persönlicher Rachegott gewesen. Er war berühmt für seine Chauvi-Allüren, und Martha entsprach definitiv nicht seiner Vorstellung von einer vorbildlichen Beamtin, ganz zu schweigen einer Dame. Sie hatte gehört, daß er sie hinter ihrem Rücken „Butchie" nannte. Als sie ihn darauf ansprach und sagte, daß sie den Spitznamen nicht schätzte, hatte er zartfühlend geantwortet: „Jede zieht sich den Schuh an, der ihr paßt, oder?"

„Ja, Grimes ist ganz scharf auf die Sache, sicher leistet er gute Arbeit, aber es würde nicht schaden, wenn sich noch jemand diskret umhört, Cass." Sie lächelte Erica zu. „Cass ist eine erstklassige Detektivin, die vielleicht eine andere Perspektive in den Fall bringt." Ich warf Martha einen vernichtenden Blick zu, aber sie strahlte Erica an und schien nichts zu merken.

Erica sagte: „Ich wäre Ihnen überaus dankbar, Ms. James, wenn Sie sich der Sache annehmen würden." Ihre Stimme war tief und sexy wie die von Suzanne Pleshette, und ich ertappte mich bei einem idiotischen Grinsen.

„Nennen Sie mich Cassidy", sagte ich. „Oder Cass."

„Also gut, Cass", sagte sie. „Ich habe einfach kein gutes Gefühl bei Sergeant Grimes. Und obwohl ich meinen Onkel nicht mochte, fühle ich mich doch irgendwie verpflichtet, bei der Suche nach seinem Mörder behilflich zu sein. Sie werden mir dabei helfen, nicht wahr? Geld spielt keine Rolle. Ach übrigens, wie hoch ist Ihr Stundensatz?"

Bevor ich mich besinnen konnte, platzte ich mit dem Betrag heraus, den mein Mentor Jake Parcell verlangt hatte: fünfzig Dollar die Stunde plus Spesen. Unversehens schüttelten wir uns die Hand, und ich hatte meine erste richtige Klientin.

3

Während die Polizei noch immer am Tatort beschäftigt war, bot ich Erica an, sie mit meinem Boot zum Haus ihres Onkels zu fahren, wobei ich hoffte, sie würde etwas Licht in den Fall bringen. Wir fuhren schweigend und erreichten schließlich Walter Trinidads Haus. Es lag zurückgesetzt am Rand eines dichtbewaldeten Grundstücks mit zweihundert Meter langem Strand. Die Hecken waren perfekt in Form von Fischen und Vögeln getrimmt und erinnerten mich an Disneyland. Seine beiden Boote, ein Boston Whaler-Fischerboot aus Aluminium und ein türkis schimmerndes Rennboot, lagen im Bootshaus neben seiner Anlegestelle. Ich sprang aus meiner Sea Swirl und vertäute das Boot am Steg, während Erica geschickt das Tau an Bord verknotete.

„Sie scheinen sich mit Booten auszukennen." Ich spähte in Trinidads Boote. Beide waren in makellosem Zustand, als hätte er sie erst kürzlich geputzt und gewachst. Mein eigenes konnte etwas Pflege ganz gut gebrauchen, und ich bewunderte sein auf Hochglanz gebrachtes Rennboot. Ich strich mit der Hand über die glatte Oberfläche, bemerkte Zigarettenasche auf dem Rand und schnippte sie ins Wasser.

„Ich segle ein wenig", sagte Erica. „Meist in der Bucht. Mit Rennbooten kenne ich mich nicht so aus. Mein Onkel glaubte, beim Bootfahren soviel Krach und so viele Wellen wie möglich verursachen zu müssen. Als Kind hat mich das schier verrückt gemacht."

„Darf ich Sie etwas Persönliches fragen?" Ich sah ihr ins Gesicht. „Offensichtlich mochten Sie Ihren Onkel nicht besonders. Warum kamen Sie unter solchen Umständen überhaupt zu Besuch?"

Erica lächelte und zeigte dabei regelmäßige weiße Zähne und Fältchen in den Augenwinkeln, aber ihr Lächeln war traurig. „Onkel Walter war der Bruder meines Vaters. Mein Vater starb, als ich zehn war. Meine Tante und mein Onkel luden mich jedes Jahr ein, den Sommer hier bei ihnen zu verbringen – um meine Mutter zu entlasten, nehme ich an. Tante Penny war in Ordnung, wenn auch ein wenig farblos, aber Onkel Walter verursachte mir immer eine Gänsehaut. Er hat mich gern getätschelt, verstehen Sie? Nichts offen Sexuelles, trotzdem unangemessen. Er zwinkerte mir zu, als hätten wir ein gemeinsames Geheimnis, und zur Begrüßung und beim Abschied wollte er mich immer auf den Mund küssen. Nun ja, seit ich sechzehn war, kam ich nicht mehr her, und außer an einem Thanksgiving-Fest habe ich ihn seither nicht mehr gesehen. Tante Penny ließ sich letztes Jahr endlich von ihm scheiden und zog nach Florida. Das Klügste, das sie je in ihrem Leben getan hat. Selbst seine Kinder, meine Vettern, konnten ihn nicht leiden, und soviel ich weiß, haben sie ihn seit Jahren nicht mehr besucht. Ich mußte ihm etwas bringen, nur deswegen machte ich auf dem Weg nach Kanada hier Halt. Kommen Sie, ich zeige es Ihnen."

Erica ging mir auf dem gewundenen ziegelgepflasterten Pfad zwischen fisch- und vogelförmigen Hecken zur Haustür voran. Wie die meisten Häuser am See war das Gebäude nicht abgesperrt, und wir traten direkt in das weiträumige holz- und glasverschalte Wohnzimmer.

„Hier." Sie zeigte auf ein Bild, das an der Wand lehnte. „Er hatte nicht einmal Zeit, es aufzuhängen."

Das Bild zeigte zwei Jungen und ein Pony. Der kleinere hatte dunkles Haar und weit auseinanderliegende, durchdringende blaue Augen, ganz wie Erica. Er saß auf dem Pony, während der größere Junge die Zügel hielt.

„Mein Vater und mein Onkel. Es hing im Wohnzimmer meiner Mutter, aber sie ist in eine kleinere Wohnung gezogen, und dort hat es nicht Platz. Außer Onkel Walter fiel mir niemand ein, der Interesse an dem Bild haben könnte und weil ich ohnehin in diese Richtung fuhr, beschloß ich, es persönlich zu überbringen. Außerdem habe ich diesen Ort hier immer geliebt. Nur ihn habe ich nicht gemocht. Doch jetzt fühle ich mich schuldig, wenn ich das sage. Wie auch immer, deshalb bin ich hier."

Wir gingen in die Küche, Erica setzte Teewasser auf, und ich sah mich nach Papier und Bleistift um.

„Ich muß genau wissen, was er tat, vom Moment Ihrer Ankunft an, auch Dinge, die Ihnen nicht wichtig scheinen", sagte ich. „Ich weiß, daß Sie heute morgen schon von der Polizei befragt wurden, und wir können auch später reden, wenn Ihnen das lieber ist, aber je eher wir anfangen, desto größer ist die Chance, weiterzukommen."

Erica stellte einen Teller mit etwas, das wie Zucchinibrot aussah, auf den Tisch und setzte sich mir gegenüber. „Ich hatte gestern nichts zu tun, da habe ich gebacken", erklärte sie. „Fangen Sie an, fragen Sie nur."

„Wann genau sind Sie angekommen?"

„Vorgestern. Am Mittwoch, ungefähr um drei Uhr. Ich hatte ihn von Eureka aus angerufen, um mich anzukündigen. Er schien sich wirklich zu freuen. Ich sagte ihm, daß ich etwas für ihn habe, und er bestand darauf, daß ich hier übernachte. Trotz allem, was gewesen war, hatte ich keine Angst und sagte zu. Er erwartete mich gegen drei Uhr am Hafen und bat mich, einen Moment zu warten, während er bei McGregor schnell ein paar Sachen holte. Ich sagte, ich würde mitkommen, um mir die Beine zu vertreten, und wir gingen zusammen hinüber."

„Wie hat er Sie begrüßt?" fragte ich.

„Sie meinen, ob er mich auf den Mund geküßt hat? Manche Dinge verändern sich nie. Aber jetzt bin ich erwachsen. In letzter Sekunde hielt ich ihm die Wange hin." Sie lächelte und nahm ein Stück Zucchinibrot. Ich griff ebenfalls zu. Es war köstlich.

„Jedenfalls merkte ich, daß er der gleiche alte Onkel Walter war. Er kommandierte die Angestellte herum und beschuldigte den Jungen, der beim Tütenpacken half, das letztemal etwas Schweres auf das Brot gelegt zu haben. Ehrlich gesagt, es war mir peinlich, mit ihm gesehen zu werden, und ich tat, als würde ich ihn nicht kennen." Sie hielt inne, ein kleines Lächeln huschte über ihr Gesicht. „Dann gingen wir zum Hafen zurück und brauchten ewig, weil Onkel Walter immer wieder stehen blieb, um sich zu unterhalten. Es war eigenartig, so als wollte er mit mir angeben, allerdings erzählte er niemand, daß ich seine Nichte bin. Ich hatte das Gefühl, er wollte die Leute glauben lassen, ich sei seine Freundin."

„Mit wem hat er sich unterhalten?" fragte ich.

„Ich kannte niemand. Eine Frau war die Besitzerin von Loggers Tavern. Sie fegte gerade den Bürgersteig vor ihrer Bar, und mein Onkel rief ihr etwas zu wie ‚He, Lizzie, gibt es endlich ordentlichen Wein?' Was sollte sie darauf sagen? ‚Nein, Walter, nur den gleichen sauren Magenzwicker wie gestern!'? Er hat mit niemand lange gesprochen, es war, als wollte er mich mit seinen vielen Bekannten beeindrucken." Nach einer kleinen Pause sagte sie: „Oder er wollte sie beeindrucken, daß er eine Frau bei sich hatte. Je mehr er versuchte, mir zu imponieren, desto weniger gelang es ihm. Und ich hatte auch nicht den Eindruck, daß er den anderen imponierte."

„Mit wem hat er sonst noch gesprochen?" fragte ich, bediente mich noch mal und schlürfte den Tee, den sie vor mich hingestellt hatte.

„Mit dem Bootshafenbesitzer, Gus, der draußen an einem Lastwagen arbeitete. Mein Onkel brüllte ihm etwas zu, irgend etwas von neuen Pollern an der Mole, die er endlich anbringen sollte, er habe es satt, sein Boot zu verkratzen."

Da hatte er wirklich recht, auch ich war über die fehlenden Poller verärgert. Eine Anlegestelle muß perfekt sein, alles andere führt zu Kratzern an der Bootshaut. Leider gab es wegen der wechselnden Gezeiten in der mit dem Meer verbundenen Bucht wenig perfekte Docks. Auch ich hatte Gus bereits nach den neuen Pollern gefragt, aber Walter Trinidad war wohl alles andere als höflich gewesen.

„Gus sagte, die neuen Poller wären bestellt, und mein Onkel stapfte davon, als wäre er wirklich sauer. Dann murmelte Gus etwas wie ‚Wenn du mit einem Boot umgehen könntest, du verdammter Cowboy, gäb's keine Kratzer.'"

Gus Townsend belegte alle Kalifornier mit der Bezeichnung „Cowboy", warum, wußte ich nicht. Ob er mich hinter meinem Rücken Cowgirl nannte? Er war immer höflich zu mir, aber man weiß ja nie.

„Außer ihm trafen wir noch auf Tommy, den Jungen am Hafen, der mir half, meine Tasche und das Porträt ins Boot zu heben. Er war nett, aber er stank fürchterlich. Ein wenig Deodorant hätte ihm gut getan. Onkel Walter war auch zu ihm unverschämt und nannte ihn ‚Anfänger', als er auf dem Dock stolperte. Wie gesagt, es überrascht mich nicht, daß jemand ihn umbringen wollte. Er war noch unangenehmer, als ich ihn in Erinnerung hatte."

Ich schrieb mit, so schnell ich konnte, und versuchte mit Ericas heruntergerasseltem Bericht mitzuhalten. Wenn ich ihr nicht in die Augen blickte, konnte ich mich besser konzentrieren. „Was geschah dann?“ fragte ich.

„Nun, er donnerte aus dem Hafen, viel zu schnell für die enge Ausfahrt, und ich war überzeugt, die Hafenpolizei würde uns anhalten, aber nichts dergleichen geschah. Ich bereute den Entschluß, über Nacht zu bleiben, schwer, denn seine Gesellschaft war mir unerträglich. Dann stellte sich aber heraus, daß ich ihn nicht lange ertragen mußte. Wir gingen ins Haus, und kaum hatte er sich einen Drink eingeschenkt, läutete das Telefon, und kurz danach ging er weg.“

„Haben Sie eine Vermutung, wer angerufen hat?“ fragte ich.

„Nein, keine Ahnung. Ich habe nichts von dem Gespräch gehört. Ich war im Bad, und als ich herauskam, sagte er, er müsse kurz weg, ich sollte es mir gemütlich machen. Wenn er wieder da sei, würden wir das Bild aufhängen. Er öffnete mir sogar eine anständige Flasche Chardonnay, bevor er ging, für ihn eine erstaunlich nette Geste. Das war das letzte, das ich von ihm gesehen habe.“

„Und was haben Sie dann getan?“ fragte ich.

„Nun, ich saß da und trank Wein. Das war anfangs wirklich entspannend, denn ich war froh, daß er weg war und ich mich von der langen Fahrt erholen konnte. Ich setzte mich auf die vordere Veranda und sah auf den See hinaus, aber dann wurde es kalt, und ich ging wieder hinein. Als es dunkel wurde, machte ich Feuer, und schließlich machte ich mir etwas zu essen. Ich dachte, er würde mit ein paar Steaks oder Ähnlichem ankommen, deshalb wartete ich, aber um neun Uhr hatte ich solchen Hunger, daß ich mir eine Dosensuppe aufwärmte. Ich rief im Hafen an, um zu hören, ob sein Boot da war, aber niemand hob ab. Ich rief die Cedar Hills Lodge an und ließ mir die Telefonnummern aller Bars in der Stadt geben, weil ich dachte, er könnte in einer Bar sein, aber dort war er auch nirgends. Ich kannte keinen seiner Freunde, genaugenommen wußte ich nicht mal, ob er welche hatte. Schließlich bezog ich ein Bett in einem der Gästezimmer und legte mich schlafen. Komisch, ich dachte, ich hätte ihn irgendwann in der Nacht heimkommen hören, aber vielleicht habe ich es nur geträumt."

„Wie kommen Sie darauf?" fragte ich mit erwachender Neugier.

„Ich bin mir nicht sicher, aber ich meinte, ihn in seinem Zimmer herumpoltern zu hören, und dachte, vielleicht ist er betrunken. Ich erinnere mich, daß ich froh war, die Tür abgeschlossen zu haben, dann schlief ich wieder ein. Am Morgen wußte ich nicht mehr, ob ich ihn wirklich gehört oder alles nur geträumt hatte. Der Wein ist wohl auch mit schuld. Als ich aufstand, ging ich auf Zehenspitzen an seinem Zimmer vorbei, um ihn nicht zu wecken, aber seine Tür stand sperrangelweit offen, und das Bett war unberührt. Da kam ich zu dem Schluß, alles nur geträumt zu haben. Jetzt, nachdem er tot aufgefunden wurde, frage ich mich, ob nicht tatsächlich jemand im Haus war, während ich schlief."

Ich legte meinen Stift weg, stand auf und reckte mich. Die Nähe dieser Frau fing an mich zu erregen. Ich wußte nicht genau warum, aber sie hatte einen beunruhigenden Einfluß auf mein seelisches Gleichgewicht. „In der Zeit zwischen Ihrer Ankunft am Mittwoch bis gestern früh, als Sie ihn vermißt meldeten, hatten Sie sicher Zeit, sich umzusehen. Ist Ihnen irgend etwas aufgefallen, hat etwas gefehlt?"

„Nicht daß ich wüßte. Ich habe seine Sachen allerdings auch keiner genauen Inventur unterzogen. Sein Zimmer betrat ich erst, als klar war, daß er vermißt wurde. Ich hoffte, ein Adreßbuch zu finden oder eine Liste mit den Telefonnummern seiner Freunde. Fehlanzeige. Schließlich rief ich die Polizeistation von Kings Harbor an, um eine Vermißtenanzeige aufzugeben, aber seit dem Verschwinden waren noch keine vierundzwanzig Stunden vergangen. Ich wandte mich an die Krankenhäuser in der Nähe, aber da war er natürlich auch nicht. Gus sagte, sein Auto stünde noch immer am Hafen. Darauf ging ich zu seinem Anleger und sah beide Boote im Schuppen liegen. Also war er entweder in der Nacht zurückgekommen, oder jemand hatte das Boot für ihn hergebracht, denn ich hatte ihn definitiv am Mittwochabend mit seinem Rennboot wegfahren sehen. Ich wollte gerade noch mal mit der Polizei telefonieren, als mich jemand vom Hafen anrief, mir den Tod meines Onkels mitteilte und fragte, ob mich jemand abholen sollte, um ihn zu identifizieren."

Erstmals war ihr der Druck anzusehen. Ihre blauen Augen blickten müde, und ihr Bericht war von Seufzern begleitet, ein sicheres Zeichen für Streß. Ich beschloß, sie eine Weile in Ruhe zu lassen, damit sie die unvermeidlichen Dinge regeln und die Familie anrufen konnte. Ich wußte auch, daß innerhalb kurzer Zeit Kings Harbors ehrenwerte Polizei das Haus heimsuchen würde. Als ich auf den See blickte, sah ich bereits das unverwechselbar orange-weiße Sheriffboot um Cedar Point biegen.

„Erica", sagte ich und ordnete meine Notizen. „Ich fürchte, Sie haben einen langen Tag vor sich. Sieht aus, als käme der Sheriff, und ich vermute, Sergeant Grimes ist entweder bei oder direkt hinter ihm. Die werden sich im ganzen Haus umsehen, und wahrscheinlich müssen Sie ihnen die ganze Geschichte noch einmal erzählen."

Sie stand auf, sah aus dem Fenster auf das herannahende Boot, und plötzlich wurde ihr Gesicht von Panik verdüstert. „Gott, was ist, wenn sie mich wirklich verdächtigen?" fragte sie. „Wie kann ich beweisen, daß ich ihn nicht umgebracht habe? Ich habe doch kein Alibi!"

Ich trat neben sie, faßte sie an den Händen und drehte sie zu mir. Ich war völlig überrascht von den Gefühlen, die mich durchströmten, als ich ihr in die Augen sah, und bemühte mich, mein pochendes Herz zu ignorieren.

„Hören Sie", sagte ich. „Sie dürfen jetzt nicht anfangen, an sich selbst zu zweifeln, das ist das Wichtigste. Seien Sie einfach ehrlich. Und hilfsbereit. Erzählen Sie alles. Wenn es aussieht, als verdächtigten sie Sie wirklich, rufen Sie mich sofort an. Ich kenne eine Anwältin in Kings Harbor, die Ihnen helfen kann. Wenn Sie von hier weg wollen, gibt es bei mir ein Zimmer für Sie, ich wohne direkt auf der anderen Seite der Blue Heron Bay. Sie sind jederzeit willkommen, zum Übernachten, zum Telefonieren, was immer Sie brauchen. Ich verstehe, wenn Sie nicht länger als unbedingt nötig hierbleiben möchten."

Einen Augenblick dachte ich, sie würde anfangen zu weinen. Ihre Augen wurden feucht, und sie lächelte so wie ich, wenn ich mich meiner Gefühle schäme. „Sie sind wirklich sehr freundlich. Vielleicht nehme ich Ihr Angebot einfach an."

„Sie sollten nicht zögern. Ich werde ein wenig herumschnüffeln, aber mein Anrufbeantworter ist eingeschaltet, und ich werde nicht weit weg sein." Ich sammelte meine Notizen ein und hinterließ meine Telefonnummer und die Wegbeschreibung zu meinem Haus auf dem Tisch.

„Ich kann gar nicht sagen, wie dankbar ich bin“, sagte sie und begleitete mich zur Tür.

„Ich habe ja noch gar nichts getan“, antwortete ich. „Drücken Sie die Daumen. Vielleicht ist die Sache so schnell vorbei, wie sie gekommen ist.“

Sie drückte die Daumen und winkte mir nach. Ich ging zur Anlegestelle hinunter, wo der Sheriff von Cedar Hills, zwei uniformierte Beamte und Sergeant Grimes neben meinem Boot anlegten.

„Guten Morgen“, sagte ich zu Sheriff Tom Booker, der mich neugierig ansah.

Mit seinem dichten weißen Haar und dem gebräunten Gesicht sah er gut aus wie immer, aber seine übliche Fröhlichkeit war verschwunden. „Cassidy James. Was führt Sie zu Trinidads Haus?“

Er wird doch wohl nicht denken, *ich* hätte den armen Lustmolch um die Ecke gebracht! „Ich arbeite an einem Fall.“

„An einem was?“ Er starrte mich vom Boot aus an, während die anderen ungeschickt auf den Landungssteg kletterten. Es war deutlich zu sehen, daß keiner das Leben auf dem Wasser gewohnt war. Ich griff in mein Boot, wo ich einige brandneue Visitenkarten in einer Seitentasche stecken hatte, und reichte eine dem Sheriff.

„Erica Trinidad hat mich gebeten, herauszufinden, wer ihren Onkel getötet hat“, sagte ich und klang wohl etwas absurd.

„Das ist doch absurd!“ knurrte der dicke Sergeant Grimes hinter mir und bestätigte meinen Verdacht. Offensichtlich nahm mich als Privatdetektivin keiner ernst. Aber das war ihr Problem.

„Meinen Sie nicht, daß diese Aufgabe besser bei der

Polizei angesiedelt ist?“ fragte Sheriff Booker nicht unfreundlich. „Und seit wann sind Sie überhaupt Privatdetektivin?“ Ich wollte, ich hätte meinen Ausweis bei mir gehabt, um ihn ihm unter die Nase zu halten, aber ich hatte heute morgen nicht mit Detektivarbeit gerechnet.

„Doch, ich glaube, das ist Aufgabe der Polizei“, sagte ich leicht gereizt. „Ich habe nicht vor, Ihre Nachforschungen in irgendeiner Weise zu behindern, und teile Ihnen gern mit, was immer ich herausfinde, im Sinn guter Zusammenarbeit.“

„Wir brauchen keine gottverdammte Zusammenarbeit, Fräuleinchen“, brummte Sergeant Grimes. „Sie sollten uns einfach nicht im Weg stehen. Wenn Sie ein Beweisstück auch nur anfassen oder sonst irgendwie in unseren Untersuchungen herumpfuschen, hänge ich Sie hin wegen Behinderung der polizeilichen Arbeit.“

„Jetzt wird mir klar“, ich vergaß meinen Vorsatz, höflich zu bleiben, „Sie müssen Sergeant Grimes sein.“

„Stimmt. Warum?“

„Ihr Ruf als Charmeur eilt Ihnen voraus“, brachte ich heraus. „Guten Tag die Herren.“ Damit machte ich die Leine los und hüpfte in mein hübsches blaues Boot. Das vergnügte Blitzen in den Augen der Beamten war nicht zu übersehen. Grimes war rot im Gesicht und kochte.

Sheriff Booker hielt mein Boot an der Seitenwand fest und sagte leise: „Cassie, am besten gehen Sie Grimes aus dem Weg. Er ist für den Fall zuständig, und er nimmt das sehr ernst. Es ist auf dem See passiert, deswegen kann ich auch mitreden, aber wenn es drauf ankommt, ist es sein Baby. Und seien Sie um Gottes Willen vorsichtig“, fügte er hinzu. „Wer immer das getan hat, hat nicht lange gefackelt.“

„Danke, Sheriff. Ich weiß Ihren Rat zu schätzen. Ich werde so vorsichtig sein wie möglich." Ich legte den Vorwärtsgang ein und fuhr davon.

4

Während ich das Boot nach Hause steuerte, sann ich über die Ereignisse des Vormittags nach. Es gab da ein paar beunruhigende Dinge, und bevor ich einen Aktionsplan aufstellte, wollte meine Gedanken ordnen. Da war zum einen die ungute Tatsache, daß Trinidads Boot wieder in seinem Bootsschuppen lag. Wie war es dort hingekommen und wann? Ungut war ferner, daß sein Penis abgeschnitten war, auch wenn die Polizei das noch nicht bekanntgegeben hatte. Trinidad selbst hätte das wohl auch ungut gefunden. Jemandem das intimste Organ abzuschneiden, war eine sehr persönliche Sache, die nach einem verqueren Racheakt roch. Das bedeutete, jemand hegte eine extreme Abneigung gegen ihn. Konnte Trinidad den Durchschnittsmann tatsächlich so rasend machen? Ich bezweifelte es. Und wo war der fehlende Penis? Hatte ihn jemand in einem Wutanfall abgehackt, à la Lorena Bobbitt? Sergeant Grimes würde zweifellos auf diese Karte setzten, mit Erica Trinidad als Hauptverdächtige. Was natürlich nicht vollkommen außerhalb jeder Möglichkeit lag. Gut, sie hatte mich beauftragt, den Mörder zu finden, aber vielleicht war das nur ein Trick, um uns von ihrer Unschuld zu überzeugen. Aber Marthas und mein Instinkt können sich doch nicht so irren, dachte ich. Außerdem schien sie mir clever genug, ein Alibi zu konstruieren, wenn sie ihren Onkel umgebracht hatte. Noch etwas rumorte in meinem Kopf, das ich nicht dingfest machen konnte. Vielleicht war es etwas Wichtiges, aber wie ich mich auch anstrengte, es klar zu sehen, es tanzte weg wie Schatten an einer Wand.

Panic und Gammon begrüßten mich lautstark wie immer an der Haustür und stubsten ihre Köpfe gegen mich, als ich versuchte hineinzugehen, ohne sie rauszulassen.

Sie waren halb bengalisch, halb ägyptisch und ein phantastisches Paar. Wo Tigerkatzen Streifen haben, hatten sie Flecken, aber in Farbe und Größe unterschieden sie sich. Panic, schmal und agil wie ihr bengalischer Vater, hatte schwarze Flecken auf seidig-silbernem Grund. Ihr Schwanz war unglaublich lang, genau wie ihre Beine. Ihre stachelbeerfarbenen Augen glichen denen ihrer Schwester, waren aber nicht so groß und so schön.

Gammon, die größere Schwester, war eine auffallende Schönheit und schrecklich fett. Sie hatte dunkelbraune Flecken auf silbernem, beige- und karamelfarbenem Grund. Ihr Fell war so plüschig, daß man die Finger darin vergraben konnte. Irgendwie hatte Panic einen Teil vom Schwanz ihrer Schwester abbekommen, und die arme fette Gammon hatte einen peinlich kurzen, dicken. Wenn sie rannte, schaukelte ihr Bauch hin und her, und das brachte mich immer zum Lachen. Schwer zu sagen, welche Katze ich lieber mochte – die schöne dicke Gammon mit ihren intelligenten grünen Augen, woran dachte sie nur immer? – oder die lebhafte, spielerische Jägerin Panic, die kein anderes Tier fürchtete, aber vor dem Rauschen des Windes in den Zweigen fast einen Meter in die Luft sprang.

Martha hatte sie mir vor drei Jahren zum Einzug geschenkt; zwei kleine Kugeln aus seidigem Pelz, nicht größer als meine Handfläche. Irgendwie wußte sie, daß mehr als eine Katze nötig war, um die Leere zu füllen, die Diane hinterlassen hatte. Auch einem Dutzend Katzen wäre das nicht gelungen, doch diese beiden wurden zu liebevollen wunderbaren Gesellschafterinnen.

„Kommt her, ihr kleinen zerrupften Ratten", sagte ich, packte die dicke Gammon und hob sie auf meine Schulter. „Mal sehen, was wir zum Mittagessen zusammenkratzen können."

Nachdem ich eine Dose feinstes Katzenfutter geöffnet hatte, die sie sich höflich teilten, richtete ich mir ein Vollkornbrot mit Schinken und Käse, Mayonnaise, Senf und einer reichlichen Portion süß-sauer eingelegtem Gemüse und setzte mich an den Tisch, um meine Gedanken zu ordnen. Ich war tief ins Grübeln versunken, als ich das nervende Heulen eines Schnellboots hörte, das an meinem Landesteg vorbeizischte. Ich blickte hinaus und sah Jess Martins Sohn Dougie am Steuer eines knallroten Rennbootes. Es war voll mit fröhlichen Jungen; einige kannte ich aus der Stadt. Ihre Oberkörper waren von der Sommersonne gebräunt, und sie lachten, als ihre Bugwelle auf meinen Anleger klatschte. Obwohl mir klar war, daß Jess sich Dougie vorknöpfen würde, wenn er wüßte, wie er mit seinem Boot umging, neidete ich den Jungen einen Augenblick lang ihre unbeschwerten Ferienstreiche. Ich beobachtete sie bei einem wilden Wendemanöver vor dem Anleger meines Nachbarn, was einen Wasserschwall in sein dort verankertes Schlauchboot sandte, dann rasten sie weiter über den See und hinterließen riesige Wellen, die mein Boot heftig gegen den Steg warfen. Unfähig, mich länger zu konzentrieren, beschloß ich, mich umzuziehen und an meine Nachforschungen zu gehen.

5

Während Cedar Hills Lodge die bevorzugte Tränke der Touristen war, konnte man die meisten Einheimischen, mit denen ich reden wollte, in der Loggers Tavern finden. Es war fünf Uhr, und im Lokal drängten sich die Leute. Ein unleugbarer Hauch von Festlichkeit lag in der Luft. Walter Trinidads Tod hatte anscheinend viele Menschen in Cedar Hills fröhlich gemacht.

„Na, was pustet der Wind uns denn da herein?“ rief eine vertraute Stimme, als ich eintrat. Ich sah mich in dem rauchgeschwängerten Raum um und entdeckte den vagen, aber unverwechselbaren Umriß meines Freundes Jess Martin, der mich zum Hocker neben ihm an der Bar winkte. „Ich dachte, du wärst dem Cedar Hills-Mörder auf der Spur“, neckte er, als ich mich auf den Hocker pflanzte. Wann immer Jess mit Einheimischen zusammen war, schien sich sein Cedar Hills-Akzent zu verzehnfachen.

Lachen stieg über der hufeisenförmigen Bar auf, und als sich meine Augen an die Lichtverhältnisse gewöhnt hatten, erkannte ich die Gesichter von Buddy Drake, dem Postboten, und Gus Townsend, dem Bootshafenbesitzer.

„Wie ich sehe, feiert ihr, Jungs“, sagte ich in meiner

Version des Cedar Hills-Dialekts. Ich mache das nicht absichtlich, aber immer wenn ich mit zwei oder mehr Einheimischen beisammen bin, ertappe ich mich, wie ich ihren Akzent nachahme, warum auch immer. Anfangs versuchte ich, mich zu beherrschen, aber jetzt habe ich resigniert. Es scheint ein unwiderstehlicher Drang zu sein.

„Einen Drink für diese gutaussehende Dame!" rief Gus mit seiner rauhen Stimme Lizzie, der Barfrau, zu. Sein zerfurchtes, wettergegerbtes Gesicht ließ ihn älter aussehen als gut fünfzig. „Sie wird den Mann aufspüren, der Walter Trinidads kleinen rosa Schwanz abgeschnippt hat", krächzte er und grinste boshaft. Das löste an der Bar eine Welle schallenden Gelächters aus.

„Jawohl." Buddy saß links von mir. „Und wenn sie ihn hat, verleihen wir dem Hurensohn eine Medaille!" Das darauf folgende Gelächter wurde von Handschlägen auf den Tresen, Brüllen und Johlen begleitet.

Diese Burschen saßen nicht erst seit kurzem im Lokal. Von der allgemeinen Rötung ihrer Wangen und dem Glanz ihrer Augen zu schließen, waren die meisten seit dem Mittagessen hier, das vermutlich überwiegend flüssiger Natur gewesen war.

Lizzie Thompson stellte ein Pils vor mich hin und grinste breit. „Stimmt das, Cass? Bist du wirklich Privatdetektivin, wie Jess behauptet?"

Ihre heisere Stimme erzählte von zu vielen Nächten, in denen sie es den Jungs mit Trinken und Rauchen gleichgetan hatte. Sie zwinkerte mir zu, und ich fragte mich nicht zum erstenmal, ob Lizzie Thompson mit einer Frauenbar nicht glücklicher wäre.

„Richtig, Lizzie. Bin ich. Nicht daß ich auch sonst nicht gern reinkomme und die Unterhaltung genieße, aber ehrlich gesagt, diesmal hoffe ich, daß mir jemand einen hilfreichen Hinweis gibt."

„Was brauchst du, Cass?" fragte Jess und schob sein leeres Glas Lizzie zu, die es prompt nachfüllte.

„Zuerst will ich herausfinden, wann Walter Trinidad zum letztenmal lebend gesehen wurde."

„Ich habe ihn Mittwoch am späten Nachmittag mit einem fremden Frauenzimmer im Hafen herumstolzieren sehen", sagte Gus. „Er keifte und jammerte, daß er sein Boot nicht parken könnte, ohne die kostbare Farbe zu verkratzen."

„Ich habe ihn auch gesehen." Lizzies dunkle Augen blitzten. „Kam vorbei, um mein Weinangebot zu kritisieren. Ich kümmerte mich überhaupt nicht darum, aber die junge Frau habe ich bemerkt. Völlig außerhalb seiner Reichweite, wenn du mich fragst."

Buddy Drake räusperte sich, und es wurde still in der Bar. Seit er die Leiche gefunden hatte, war Buddy gewissermaßen ein Held geworden. Er zupfte an seinem schütteren schwarzen Schnurrbart und richtete sich auf dem Barhocker auf. Er war in den Vierzigern, und sein pechschwarzes Haar fing an sich zu lichten, eine Tatsache, die seine ewige Baseballmütze kaum verbergen konnte. Nicht viel größer als eins sechzig, bewegte sich Buddy mit größtem Selbstvertrauen, und trotz seiner Kleinheit schienen die meisten Leute von Cedar Hills zu ihm als einer Führungpersönlichkeit aufzublicken.

„Wie ich die Sache sehe", sagte er nach einer effektvollen Pause, „ist das Mädchen der heißeste Tip, Cass. Wenn einem Kerl sein Dingsda abhanden kommt, ist es meist eine sogenannte Beziehungstat."

Auch Buddy Drake war anscheinend zum Experten

des psychologischen Profils einer Mörderseele geworden.

„Ich habe aber gehört, daß das Mädchen noch hier ist und sich in Trinidads Haus vergraben hat“, sagte Jess. „Wäre ich an ihrer Stelle und hätte jemanden umgebracht, wäre ich längst über alle Berge.“

„Nun, *mir* hat Sheriff Booker erzählt, dieses Mädchen sei seine Nichte“, sagte Lizzie. „Ich kann mir nicht vorstellen, daß eine Blutsverwandte einem Onkel antut, was Walter Trinidad angetan worden ist.“

„Soviel ich gesehen habe, ist er mit ihr aber gar nicht onkelhaft umgegangen“, sagte Gus und kippte einen Drink, der aussah wie Bourbon pur.

„Vielleicht wurde er ein wenig zu freundlich, und die Dame ist durchgedreht“, sagte Buddy. Die anderen nickten.

„Bist du von ihr angeheuert worden?“ fragte Jess. „Von Walters Nichte?“

„Jess, eigentlich ist das eine vertrauliche Information.“ Das war automatisch die Bestätigung, das wußte ich. Daß die ganze Stadt glaubte, sie habe ihren Onkel umgebracht, war das Letzte, was Erica gebrauchen konnte. Vielleicht neigten sie weniger zu dem Verdacht, wenn sie wußten, daß sie jemanden beauftragt hatte, den Mörder zu finden. Andererseits: Vielleicht hatte sie mich genau deswegen engagiert, um die Leute irrezuführen. Ich dachte an ihre intelligenten blauen Augen und fragte mich, ob ich mich so über ihren Charakter täuschen könnte. „Hat jemand Walter Trinidad gesehen, nachdem er den Hafen verlassen hat? Hat ihn jemand angerufen oder von jemandem gehört, der ihn anrief?“

Allgemeine Stille senkte sich über den verqualmten Raum, und wie auf Kommando griffen die meisten Männer nach ihren Zigaretten. Der Rest der Nation mochte gehört haben, daß Rauchen die Gesundheit gefährdet, aber bis Cedar Hills hatte sich das noch nicht herumgesprochen.

Da meine Frage nicht beantwortet wurde, versuchte ich es andersherum.

„Wenn ihn jemand angerufen hätte, wer könnte es sein? Er wird doch *irgendwelche* Freunde hier gehabt haben."

„Nicht daß ich wüßte", sagte Jess.

„Niemand konnte ihn leiden", fügte Gus hinzu. „Ich habe ihm nur deswegen einen Liegeplatz vermietet, weil ich ihm fünfzig Prozent mehr dafür abknöpfte als den anderen und er zu arrogant war, sich darüber zu beklagen. Jetzt muß ich mir für den freigewordenen Platz einen anderen Cowboy suchen."

Die anderen kicherten, aber die ausgelassene Stimmung fing an zu kippen und wurde gemein. Gus Townsend war kein angenehmer Betrunkener, und da ich ihn so manchen Morgen mit einem Riesenkater am Hafen angetroffen hatte, nahm ich an, daß er noch eine lange feuchte Nacht vor sich hatte.

„Danke für eure Hilfe, Jungs." Ich trank mein Bier aus. „Wenn ihr irgend etwas hört, ruft mich bitte an. Ich würde zu gern wissen, wen Walter Trinidad an diesem Abend treffen wollte."

Das weckte ihr Interesse.

„Woher weißt du, daß er was vorhatte?" fragte Buddy und fingerte am Schild seiner Baseballmütze.

„Weil seine Nichte sagte, er habe einen Anruf bekommen und sei dann weggegangen, um sich mit jemandem zu treffen."

„Ach, sie sagt das! Klingt, als wollte sie die eigene Haut retten", meinte Gus.

„Ich weiß nur von ein paar Schuljungen, die den Kerl manchmal anriefen", sagte Jess. „Sie läuteten bei ihm an und sagten Sachen wie: ‚Hallo, Mr. Trinidad, läuft Ihr Kühlschrank? Dann müssen Sie ihn einfangen!'"

Das folgende allgemeine Gelächter war für mich das Zeichen zum Aufbruch.

„Also dann, vielen Dank, Jungs, und Danke für das Bier, Lizzie."

Lizzies große Hände wurden unruhig, und ihr Blick sprang immer wieder zu dem kleinen Fenster, das auf die Main Street ging. Ich sah sie fragend an, aber sie faßte sich schnell wieder, und was immer sie beunruhigt hatte, war verschwunden.

„Schon gut, Cass. Ich setze es auf Trinidads Rechnung", sagte sie mit einem Lachen in der rauhen Stimme. „Der gute Mann hat einmal hundert Dollar hingelegt für ein Konto an der Bar, aber dann kam er nie wieder. Der Rauch sei ihm lästig, sagte er und mein Wein zu mies. Sein Geld verlangte er aber nie zurück. Er wollte wohl die Leute glauben lassen, er sei so reich, daß ihm hundert Dollar nichts ausmachten. Deswegen gehen heute alle Drinks auf Walters Rechnung. Wie wär's mit einer neuen Runde, Jungs?" Die Gläser wurden vorgeschoben, und die gute Stimmung schien zurückgekehrt zu sein, im Augenblick wenigstens. Ich schlüpfte hinaus in die Abenddämmerung.

Um halb sieben hatte ich mit allen gesprochen, die Walter Trinidad gekannt hatten. Überall die gleiche Geschichte. Niemand wußte etwas. Niemand kannte jemanden, der eventuell etwas wußte. Und niemand schien überrascht oder traurig darüber, daß ihn jemand umgebracht hatte. Viel Kopfschütteln, ja, aber keine Tränen. Man schien sich einig, daß wer auch immer der Welt einen Gefallen getan hatte, indem er Walter Trinidad ins Jenseits beförderte.

Ich hatte noch immer Lust auf eine Artischocke und ein feines Steak, deshalb ging ich zu McGregors, entschied mich aber, vorher von der Telefonzelle aus meinen Anrufbeantworter abzuhören. Es gab zwei Anrufe. Einer kam von Martha, die fragte, ob ich den Fall schon gelöst hätte. Ihr warmes Lachen versetzte mich immer in gute Stimmung. „Ruf mich an, Sherlock, wenn du Zeit hast. Ich habe eine Neuigkeit, die dich interessieren dürfte. Oh, und grüß mir die hübsche Miss Trinidad." Dann wieder das dunkle Lachen, dann das Freizeichen. Der zweite Anruf war von Ms. Trinidad selbst. Sie bat mich, so schnell wie möglich zurückzurufen. Ich grub noch mal zwanzig Cents hervor, und sie nahm nach dem ersten Klingeln ab.

„Oh. Ich bin froh, daß Sie es sind, Cass, und nicht schon wieder ein Verrückter."

„Was für ein Verrückter?"

„Das erzähle ich Ihnen später. Wenn Sie keine anderen Pläne haben, kommen Sie doch zu mir zum Abendessen. Ich warte immer noch auf einen Anruf von meinem Vetter, sonst würde ich weggehen. Kommen Sie?"

„Klar", sagte ich, und mein Puls beschleunigte sich grundlos. „Eben wollte ich bei McGregors ein Steak und eine Artischocke besorgen. Wenn sich das gut anhört, nehme ich zwei."

„Das netteste Angebot des heutigen Tages."

Als ich zum zweitenmal an diesem Tag an Walter Trinidads Steg anlegte, ging gerade die Sonne hinter den riesigen Zedern an der Westseite des Sees unter. Im Sommer war der Himmel fast bis um neun Uhr hell, die Abenddämmerung war meine liebste Tageszeit. Erica kam mir auf halbem Weg entgegen und nahm mir eine der großen Tüten ab. Das schwindende Licht spielte auf ihrer dunklen Haut, und ich stellte zum dritten oder vierten Mal fest, daß sie eine wirklich attraktive Frau war.

„Das sieht nach mehr als bloß zwei Steaks aus", sagte sie und spähte in eine Tüte.

„Nun, ich kenne Ihre Bestände an Grillkohle und Wein nicht, und ich dachte, wir könnten auch einen Salat machen. Ich hoffe, Sie mögen Blauschimmelkäse und Himbeeressig. Oh, und dann fand ich Champignons, die wir in Olivenöl braten können." Ich folgte ihr ins Haus, wo sie bereits alle Fensterläden geschlossen hatte. „Erzählen Sie mir von dem Anruf", sagte ich und fand in der ersten Schublade, die ich öffnete, einen Korkenzieher.

Ich machte eine Flasche Napa Cabernet auf, und Erica widmete sich den Artischocken. Eigenartig, dachte ich. Ich kenne diese Frau kaum, und doch arbeiten wir in der Küche wie zwei alte Freundinnen. Sie war von einer Ruhe umgeben, die mich unbefangen machte. Gleichzeitig spürte ich jedesmal, wenn sich unsere Blicke trafen, ein deutliches Flattern in der Brust. So etwas hatte ich schon lange nicht mehr empfunden, und ich wußte daher nicht, ob ich dem Gefühl trauen konnte, weshalb ich vorsichtshalber vermied, sie anzusehen.

„Ich hatte zwei Anrufe", sagte sie. „Der erste kam gegen fünf. Ich nahm den Hörer ab, jemand machte gluckgluckgluck. Wie wenn etwas im Wasser untergeht."

„Charmant", sagte ich. „Und der zweite?"

„Der kam, kurz bevor Sie anriefen. So um sieben. Ich konnte nicht feststellen, ob es ein Mann oder eine Frau war. Wer immer es war, sagte mit hoher Stimme: ‚Sag gute Nacht, Walter. Gute Nacht, Walter!', dann kam dieses kranke Gelächter, und dann wurde aufgelegt."

Ich reichte Erica ein Glas Wein und nahm selbst einen großen Schluck. „Haben Sie es schon der Polizei erzählt? Vielleicht kann sie eine Fangschaltung legen, falls noch weitere Anrufe kommen."

„Ich hoffte, Sie könnten Ihre Freundin Martha anrufen. Sergeant Grimes kann ich wirklich nicht ausstehen, auch wenn er mit dem Fall betraut ist. Aber der Sheriff war in Ordnung. Vielleicht sollten wir ihn informieren?"

„Nun, wir sollten es auf jeden Fall jemandem sagen. Die Person klingt ziemlich verdreht. Wie alt war sie etwa?"

„Keine Ahnung. Beim ersten Mal sang sie und zwar in einer Art Falsett. Er oder sie wollte offensichtlich die Stimme unkenntlich machen."

„Ich lege mal die Kohle auf, und dann rufe ich Martha an. Sie läßt Sie übrigens grüßen."

Erica errötete. Sehr interessant, dachte ich, als ich die Grillkohle auf die rückwärtige Veranda trug. Martha erkannte eine Lesbe auf eine Meile Entferung, aber ich war mir bei Erica immer noch unsicher. Sie kleidete sich jedenfalls nicht in Jeans und Flanellhemd. Heute trug sie eine dunkelblaue Seidenbluse lose über einer weißen Satinhose. Einfach, aber klassisch. Sie hatte selbst in dieser mißlichen Situation die Selbstsicherheit und das Selbstbewußtsein, die viele Lesben auszeichnen. Andererseits hatte sie keinerlei Hinweis gegeben, ob sie an Männern *oder* Frauen interessiert war, und ich hatte keine Veranlassung, etwas anderes als Heterosexualität bei ihr zu vermuten. Aber da war dieses Erröten bei der Erwähnung von Marthas Interesse...

Sie hat einfach Glück gehabt, dachte ich, sofort auf die bestaussehende Frau zu stoßen, die seit drei Jahren an der Küste Oregons gelandet war. Nicht daß ich interessiert gewesen wäre, aber es *war* doch amüsant. Da ich die letzten drei Jahre allein gelebt hatte, war ich mir nicht einmal sicher, ob ich noch wußte, was in dem Fall zu tun war. Aber ich war ja nicht interessiert, sagte ich mir und überging das Flattern im Magen. Ich wählte Marthas Nummer und erzählte ihr von den Anrufen.

„Vielleicht kann ich morgen eine Fangschaltung legen lassen, für den Fall, daß noch mal ein Anruf kommt, es sollte auch möglich sein, die heutigen Anrufer aufzuspüren. Hör zu, Cass, sie wäre in der Cedar Hills Lodge besser aufgehoben. Der Kerl klingt wirklich, als hätte er es am Kopf. Außerdem hat sich bestätigt, was alle dachten. Der Penis des Opfers wurde tatsächlich abgeschnitten und nicht von den Fischen abgefressen wie der Rest. Anscheinend ist Grimes bereits überzeugt, daß Erica die Täterin ist. Er muß von diesen Anrufen wissen. Je schneller du ihn von ihr abbringen kannst, desto eher wird er nach einer anderen Person Ausschau halten. Aber ich kenne ihn. Er ist eine Bulldogge. Wenn er einmal eine Idee in seinem dicken Schädel hat, kann er sie nicht mehr loslassen."

„Ich glaube, ich rufe Sheriff Booker an", sagte ich. „Vielleicht hört er auf mich, und ich glaube, Grimes hört auf ihn. Leider bezweifele ich, daß dein Freund Grimes je auf mich hören würde. Ich vermute, ich habe ihn bereits verärgert."

„Das mag stimmen. Der Kerl ist nicht nur schwulenfeindlich, sondern frauenfeindlich. Ich will ja nicht das Thema wechseln, aber wie hält sich seine Hauptverdächtige?"

„Ganz gut, in Anbetracht der Situation", sagte ich. „Sie ist heute den ganzen Tag von der Polizei in die Zange genommen worden und hat diese Telefonanrufe bekommen. Sobald wir mit dem Abendessen fertig sind, lade ich sie zu mir ein. Ich stimme zu, sie sollte nicht hier bleiben."

„Oh, aha!" sagte Martha. „Ich verstehe."

„Was?" fragte ich. „Was verstehst du?" Die darauf einsetzende Stille beantwortete meine Frage. In dem Moment kam Erica ins Zimmer, und ich konnte mich nicht mehr verteidigen. Nun, ich würde die Sache später zurechtrücken. „Hör zu, ich muß Schluß machen", sagte ich. „Ich möchte mit Sheriff Booker sprechen, bevor es zu spät wird. Laß mich wissen, was du über die Fangschaltung erfährst, okay?"

„Aber klar, du Verknallte", sagte sie lachend. „Und paß auf dich auf. Ich sage dir morgen Bescheid." Ich legte auf und versuchte, mich nicht über Martha, die bloß auf schräge Gedanken kommt, zu ärgern.

Ich erreichte Sheriff Booker beim ersten Versuch und erklärte ihm die Sache mit den beiden seltsamen Anrufen. Dann sagte ich, ich würde Ms. Trinidad eventuell über Nacht in mein Haus mitnehmen, und hinterließ meine Nummer. Er sah darin nichts Ungebührliches, wie Martha, sondern machte mir sogar ein Kompliment für meine Vorsicht.

„Und behalten Sie sie im Auge, Cass. Ich weiß noch nicht, was ich von diesem Mord halten soll. Mein Bauch sagt mir, daß die junge Dame nicht das Geringste damit zu tun hat. Aber mein Bauch hat auch nicht immer recht.

Vorerst ist sie die einzige Verdächtige, deswegen darf sie um Gottes Willen nicht entwischen. Wenn sie unschuldig ist und wirklich diese Anrufe bekommen hat, ist sie vielleicht selbst in Gefahr. Der Gedanke, sie aus dem Haus zu bringen, ist gut. Übrigens, ist Ihnen heute etwas Interessantes untergekommen?"

„Nur was ich vermutet hatte", sagte ich. „Wenn Haß ein Mordmotiv ist, hatte fast jeder in Cedar Hills ein Motiv."

„Mich eingeschlossen." Er gluckste. „Ich konnte den arroganten Hund nie leiden."

Als ich meine Anrufe erledigt hatte, hatte Erica den Tisch gedeckt, den Salat angemacht, die Steaks auf den Grill gelegt und uns noch ein Glas Wein eingeschenkt. Das Tageslicht war vergangen, und ich wußte, daß bald die kleinen Fledermäuse, die den Wald bevölkerten, über den See flattern würden, um sich an Moskitos und Motten gütlich zu tun. Um diese Zeit ging ich für gewöhnlich ins Haus.

Wir trugen die Steaks hinein, damit auch wir uns gütlich tun konnten. Erica erklärte, schrecklichen Hunger zu haben, weil sie seit dem Zucchinibrot am Morgen nichts gegessen hatte. Ich log und sagte, auch ich hätte seither nichts gegessen. Wir widmeten uns beide eifrig dem Essen, und unser Gespräch ging unbeschwert hin und her, ohne die Befangenheit, die das erste gemeinsame Mahl oft auslöst. Komisch, dachte ich, wie schnell eine Krise zwei bislang völlig fremde Menschen verbinden kann. Als das Essen fast beendet war, klingelte das Telefon, und ich sprang mit klopfendem Herzen auf, weil ich hoffte, den verrückten Anrufer selbst zu hören. Aber es war Ericas Vetter, der endlich zurückrief, und ich räumte die Küche auf, während sie sich um die Beerdigung ihres Onkels kümmerte.

Als wir schließlich alles geregelt hatten, war es nach zehn. Ich hatte sie überzeugen können, ihre wenigen Habseligkeiten zusammenzupacken und bei mir zu übernachten. Wir stiegen in mein Boot und nahmen den Rest Wein mit. Einen guten Cabernet soll man nicht verkommen lassen.

Die Nacht war klar und ruhig. Sterne funkelten am tintenblauen Himmel, ein silberner Mond thronte im Osten und sandte mildes Licht übers Wasser. Ich schaltete das Fernlicht ein und tuckerte Richtung Blue Heron Bay. Es gab keinen Grund zur Eile, nachts fahre ich ohnehin lieber langsam, nicht nur weil es sicherer ist, sondern weil ich die nächtlichen Geräusche und Gerüche des Sees liebe. Und, zugegeben, ich genoß es, Erica neben mir im Boot zu haben.

„Ist es immer so schön?“ fragte sie und blickte zum Himmel auf.

„Eigentlich komme ich nach Einbruch der Dunkelheit selten hinaus. Zu viele potentielle Hindernisse, wie Äste im Wasser.“ Kaum hatte ich das gesagt, tat es mir leid. Die peinliche Stille sagte mir, daß auch Erica an den letzten „Ast“ dachte, auf den jemand gestoßen war.

„He, was ist das da drüben?“ fragte sie und zeigte auf das Ufer von Pebble Cove. Im gleichen Moment hatte auch ich dieses unwirklich orangene Glühen gesehen, das von einem Brand verursacht wird.

„Festhalten“, sagte ich, schob den Hebel nach vorn und fuhr auf das Ufer zu. Als wir uns näherten, kamen rote Flammen in Sicht, und ich erkannte die Umrisse eines flammenumloderten zweistöckigen Hauses. Die Luft war bereits rauchgeschwängert, und ich hörte Schreie vor dem Haus. Dann sahen wir die undeutliche Silhouette eines Boots, das sich unbeleuchtet entfernte. Vielleicht wollte jemand Hilfe holen und hatte die Scheinwerfer noch nicht eingeschaltet. Komischerweise bemerkt man in Krisensituationen sämtliche Details, und die Zeit scheint sich zu verlangsamen. Ich weiß, daß ich dachte, wie eigenartig das Boot aussah, als es sich immer weiter vom Ufer entfernte, mit kleinen orangefarbenen Punkten darüber, wie Leuchtkäfer.

Doch dann kam ich zur Anlegestelle, und die Zeit lief wieder so schnell ab wie immer. Erica war bereits aus dem Boot gesprungen und hatte das Tau an einen Metallring am Steg gebunden. Ich sprang heraus, und wir rannten auf das Haus zu. Wie gut, dachte ich, daß es auf einer Lichtung stand und nicht von Bäumen umgeben war. Die meisten Häuser am See hatten keine Zufahrtsstraße, und das hieß, daß kein Feuerwehrauto zu Hilfe kommen würde. Außer uns würde niemand das Feuer bekämpfen. Mit etwas Glück würde es ausbrennen und sich nicht ausbreiten.

Auf dem Hauptweg standen zwei Frauen in Schlafanzügen und hielten sich umarmt, offensichtlich Mutter und Tochter. Die Tochter, etwa fünfzehn oder sechzehn, schluchzte, und beide sahen zu einem Fenster hinauf, in dem ich den Umriß einer kleinen Gestalt erkennen konnte. In dem Moment stürzte ein großer, leicht übergewichtiger Mann aus der Haustür, hustete und rang nach Luft.

Ich schrie durch das Prasseln des Feuers: „Können wir helfen?“

„Meine Tochter ist eingeschlossen! Ich komme nicht rauf! Die Treppe brennt!“

„Haben Sie eine Leiter?“ rief ich.

„Ja, aber sie ist drinnen!“

„Eine Decke? Oder eine Plane?“

Er sah mich an, starr vor Panik.

„Erica“, brüllte ich. „Im Bug, links, unter dem Sitz ist ein Bootsüberzug aus Segeltuch!“ Sie war bereits auf halbem Weg und rannte, so schnell sie konnte. Ich lief zu Mutter und Tochter. Die Mutter hielt einen Gartenschlauch in der Hand und zielte mit dem schwachen Strahl in die lodernden Flammen. „Wie alt ist das Mädchen?“

„Neun“, antwortete weinend die ältere Tochter. „Muß sie sterben? Bitte laßt sie nicht sterben!“

„Wie heißt sie?“ fragte ich.

„Mollie“, antworteten beide. Ich winkte mit beiden Armen zum Fenster hinauf und rief, was die Lungen hergaben: „Mollie! Mach das Fenster auf!“

Die Antwort kam überraschend deutlich. „Hab ich schon! Es ist offen!“

„Gut, Mollie. Jetzt mußt du das Fliegengitter rausdrücken. Kannst du das?“ brüllte ich.

Wir sahen, wie sie mit der Faust gegen das Gitter hämmerte, aber es rührte sich nicht.

„Mit dem Fuß!“ schrie ihre Schwester.

„Nein!“ rief ich. „Mollie, hör zu! Kannst du etwas gegen das Gitter werfen? Etwas Schweres?“

Ihre kleine Silhouette verschwand, und gleich darauf durchstieß ein Stuhlbein das Gitter.

„Gut! Noch einmal! Drück das Gitter ganz raus!“

Nach mehreren Versuchen flogen Gitter und Stuhl heraus und knallten auf die Erde. Mollie sah mit Triumph im Gesicht hinunter. Vielleicht war es auch Hysterie.

Erica stand jetzt hinter mir und atmete heftig. Sie trug

die Plane in den Armen. Auch der Vater war herübergekommen, obwohl er noch immer keuchte.

„Hört zu“, sagte ich. „Jetzt müssen wir alle die Plane festhalten und zwar so stramm wie ein Trampolin. Los. Wir stellen uns unter das Fenster.“

„Aber woher wissen Sie, daß sie hält?“ fragte die Mutter mit zitternder Stimme.

„Ich weiß nicht, ob sie hält“, sagte ich. „Aber wir haben keine andere Wahl. Los!“ Wir stellten uns unter dem Fenster in Position und hielten die Plane stramm in Hüfthöhe. „Mollie! Ich zähle bis drei, dann springst du auf dieses Sicherheitsnetz. Hörst du mich?“

„Ja“, kam die Antwort. Ich spürte, wie ihre Tapferkeit dahinschmolz.

„Du schaffst es, Mollie.“ Nicht mehr als drei Meter von ihr entfernt schlugen Flammen aus dem Dach. Wenn sie nicht bald sprang, war es zu spät.

„Okay! Ich zähle bis drei. Eins. Zwei. DREI!“

Das kleine Mädchen blieb stehen, wo sie war, und starrte auf uns herab.

„Spring, Mollie!“ rief ich.

„Los, Liebling, du kannst es!“ schrie ihr Vater.

„Wir sind hier!“ weinte die Mutter.

„Sei kein Feigling, Mollie! Es ist nicht so tief“, brüllte ihre Schwester.

Das Wort *Feigling* mußte sie getroffen haben, denn sie kam ohne Vorwarnung aus dem Fenster gesaust, wie ein Kind, das eine Hocke vom Sprungbrett macht. Die Kraft, mit der sie die Plane traf, warf uns alle platt auf den Hintern, und eine Minute lang blieben wir verblüfft liegen. Mollie stand als erste auf und stolperte zu ihrer Mutter.

„Ich hab’s geschafft! Ich hab’s geschafft“, schluchzte

sie. Wir anderen rappelten uns auf die Füße, umarmten uns und Mollie. Dann krachte das Dach über Mollies Zimmer donnernd zusammen, und wir rannten auf den sicheren Anlegesteg.

„Ich kenne Sie nicht, meine Damen, und weiß nicht, woher Sie kommen, aber ich möchte Ihnen danken", sagte der Vater tief bewegt.

Erica und ich stellten uns vor und erfuhren im Gegenzug, daß es sich um die Hendersons aus Los Angeles handelte, die hier die Sommerferien verbrachten.

„Ich habe das Haus selbst gebaut", sagte Mr. Henderson und schüttelte verzweifelt den Kopf. „Vier Sommer harte Arbeit. Nun ist es hin."

Wir standen da und sahen zu, wie das Haus langsam bis auf den Grund niederbrannte. Jetzt fuhren auch andere Boote auf den Anleger zu und boten ihre Hilfe an. Zu spät. Trotzdem füllten die Leute Eimer mit Wasser aus dem See, gingen durch die qualmenden Trümmer und traten Glutherde aus.

„Wie ist das passiert?" fragte ich die Hendersons.

„Keine Ahnung", antwortete Mr. Henderson. „Wir schliefen bereits im Erdgeschoß. Die Schreie meiner Tochter weckten uns, und da stand schon das Wohnzimmer in Flammen. Ich versuchte nach oben ins Kinderzimmer zu kommen, aber da war es schon zu spät."

Das ältere Mädchen, Mary, war sehr hübsch, mit langem strohblondem Haar und hellem, jetzt allerdings rußverschmiertem Teint. Ihre blauen Augen weiteten sich. „Ich bin aufgewacht, weil ich Geräusche hörte. Ich dachte an Einbrecher und kam herunter, um das Außenlicht anzumachen. Da fing ich an zu schreien, weil das Wohnzimmer brannte. Wie Dad sagte, die Treppe fing plötzlich

Feuer, und ich konnte nicht mehr zu Mollie hinauf. Ich schrie immer weiter und rannte nach draußen."

„Hast du irgendwen gesehen?" fragte ich und dachte an das Boot, das ich wegfahren sah, als wir kamen.

„Nein. Ich hatte solche Angst vor dem Feuer, daß es mir erst jetzt wieder eingefallen ist", sagte Mary, und ihre Unterlippe begann zu zittern.

„Was hast du gehört, Schatz?" fragte ihr Vater.

„Ein Rascheln im Gebüsch. Vielleicht auch Stimmen. Es weckte mich auf, aber ich war noch benommen. Ich sah aus dem Fenster, doch es war zu dunkel. Dann ging ich hinunter, um das Außenlicht anzumachen, und da sah ich das Feuer."

Der Gedanke, daß kurz vor dem Brand jemand am Haus gewesen war und sich dann leise im Dunkeln ohne Scheinwerfer davongemacht hatte, gefiel mir überhaupt nicht. „Hast du eine Ahnung, wer euch so etwas antun könnte?"

„Sie meinen, es könnte jemand absichtlich getan haben?"

Mrs. Henderson fragte mit erhobener Stimme: „Aber warum? Wir haben keine Feinde. Wir kennen hier kaum jemand."

Ich hatte keine Antworten, aber in meinem Kopf formten sich viele Fragen. Jetzt war allerdings nicht der Moment zum Detektivspielen. „Hören Sie, ich wohne drüben an der Blue Heron Bay und habe genug Platz für alle, wenn Sie bei mir übernachten wollen."

Die beiden Mädchen hörten das Angebot mit Erleichterung, doch Mrs. Henderson schüttelte den Kopf. „Das ist sehr lieb von Ihnen", sagte sie und legte den Arm um Mollie. „Aber ehrlich gesagt, ich bin diese Nacht lieber drüben in der Lodge. Es gibt soviel zum Nachdenken, außerdem glaube ich, daß sich im Augenblick niemand von uns am See besonders sicher fühlt."

Aus der Ferne hörte man das schrille Heulen der Polizeisirene, und bald bog das orange-weiße Boot mit den wild rotierenden rot-weißen Lampen um Cedar Point. Eine ziemlich große Menschenmenge hatte sich um die verglühenden Reste dessen versammelt, was vor kurzem noch ein hübsches Holzhaus gewesen war. Die Leute standen mit Wassereimern bereit, um jedes Aufflackern zu verhindern, aber das Feuer löschte sich selbst so schnell, wie es entstanden war.

„Könnte mal jemand eines der Boote wegfahren, damit ich anlegen kann?" Sheriff Booker klang verärgert, und ich nahm an, daß er schon im Bett gewesen war, als ihn die Nachricht vom Feuer erreichte. Viele hatten heute einen langen Tag gehabt, auch der Sheriff.

„Wir wollten gerade aufbrechen", sagte ich zuvorkommend. „Wenn Sie etwas brauchen, rufen Sie mich einfach an. Ich habe ein paar Hosen und Sweatshirts übrig für die ersten Tage. Hier ist meine Nummer." Ich angelte eine Visitenkarte aus dem Bug und überreichte sie Mrs. Henderson.

„Eine Privatdetektivin?" fragte sie und warf einen Blick auf meine Karte. „In Cedar Hills? Nun, man weiß ja nie, wann und wo es Schwierigkeiten gibt." Eine scharfsinnige Bemerkung in Anbetracht der Umstände.

Erica und ich stiegen ins Boot, und ich wollte gerade ablegen, da kam Mollie und legte ihre kleine schmutzige Hand auf meine. Sie war die Miniaturausgabe ihrer Schwester, mit langen blonden Zöpfen und einem reizenden Lächeln.

„Ich wußte, daß ihr mich auffangen würdet“, sagte sie strahlend. „Ich hatte fast keine Angst. Ihr habt so sicher ausgesehen. Als ich euch den Weg entlangrennen sah, wußte ich, daß ich gerettet war. Danke.“

„Oh, gern geschehen. Du warst wirklich gut. Viele Kinder hätten Angst gehabt zu springen. Du warst sehr tapfer.“

„Nun, die Alternativen waren nicht sehr verlockend“, sagte sie.

Und das von einer Neunjährigen. Nicht nur tapfer, auch noch intelligent und sprachgewandt.

„Fahrt ihr nun oder nicht?“ blaffte Sheriff Booker.

„Bis später, Kleine“, sagte ich und zwinkerte ihr zu. Sie zwinkerte zurück, und ich steuerte an den anderen Booten vorbei, wobei ich Sheriff Booker zuwinkte, der den Gruß trotz offensichtlich übler Laune erwiderte. Auch die Hendersons winkten. Sie standen in einer traurigen kleinen Gruppe auf ihrem Steg, umgeben von unbekannten Nachbarn, mit dem Skelett ihres Hauses als unheimlichem Hintergrund der mitleiderregenden Szenerie.

6

In dieser Nacht schlief ich tief und fest und wachte erst auf, als das Geräusch der Kaffeemaschine an meine Sinne drang. Es war ein herrliches Gefühl, so gemütlich im warmen Bett, zwei schnurrende Katzen neben mir, während sich jemand in der Küche mit Kaffeekochen beschäftigte.

Nach einer Weile beeinträchtigte Schuldbewußtsein mein Vergnügen, und als der Geruch von gebratenem Speck durchs Zimmer wehte, sprang ich aus dem Bett. Schon nach neun! Wie hatte ich nur Ericas Poltern in der Küche verschlafen können? Unglaublich!

Mein Haus besteht in der Hauptsache aus einem großen Raum. Zwischen Wohnzimmer und Küche gibt es keine Trennwand, und Panoramafenster und Schiebetüren aus Glas ermöglichen von jedem Standpunkt aus einen Blick auf den See, was ein Gefühl von Offenheit vermittelt. Ein großer gemauerter Kamin nimmt fast die ganze Wand im Zimmer ein, über dem Kaminsims befinden sich die selbstgebauten Bücherregale für meine wachsende Romansammlung.

Vom Flur aus konnte ich Erica in der Küche werkeln sehen. Sie stand mit dem Rücken zu mir und arbeitete an der Anrichte. Ihr glänzendes schwarzes Haar war noch naß vom Duschen. Sie trug verwaschene Jeans und einen königsblauen Pullover, passend zu ihren Augen. Als sie mich bemerkte, errötete ich, weil ich sie angestarrt hatte.

„Kaffee?" fragte sie grinsend.

„Ja gern", sagte ich. „Kann alles andere noch ein paar Minuten warten? Ich fühle mich schmutzig von gestern abend, und mein Haar riecht nach Rauch."

„Verstehe", sagte sie. „Ich habe mir auch eine Dusche gegönnt. Ich schiebe die Sachen zum Warmhalten in den Ofen. Lassen Sie sich nur Zeit."

Es war lange her, seit ich mich im Spiegel betrachtet hatte. Ich lebte allein und war gegenüber meinem Aussehen gleichgültig, wenn nicht gar nachlässig geworden, doch heute studierte ich mein Spiegelbild. Ich trage mein Haar kurz, nicht weil die Leute sagen, daß es mir steht, sondern aus praktischen Gründen. Ich hatte mich seit ewigen Zeiten nicht mehr geschminkt; nur manchmal im Winter, wenn ich ganz blaß war, rieb ich etwas Rouge auf die Wangen. Im Sommer bleichte die Sonne helle Strähnen in mein goldblondes Haar, wie früher als Kind. Mein täglicher Gang durch Cedar Hills und die physische Anstrengung des Alleinlebens am See hatten meinen Körper ziemlich schlank und muskulös erhalten. Ich glaubte nicht, daß mich irgendwer zum Playmate des Jahres machen würde, aber ich mochte mein Aussehen und wußte, daß andere mich attraktiv fanden.

Ich trat unter die Dusche und ließ das Wasser auf meine Schultern prasseln.

Dann erinnerte ich mich an Ericas Frühstück und zog mich schnell an. Der Himmel war grau verhangen, ich schlüpfte in einen königsblauen Pullover und merkte zu spät, daß ich mich wie Ericas Zwilling gekleidet hatte. Na gut, dachte ich kichernd, sie ist nicht die einzige, die mit blauen Augen angeben kann.

Das Frühstück stand auf dem Tisch, und wir langten beide kräftig zu.

„Das ist köstlich“, sagte ich und stopfte einen Bissen in den Mund. „Ich esse sonst nur Toast zum Frühstück.“

„Nun, ich möchte nicht, daß Sie vom Fleisch fallen. Sie sehen aus, als könnten Sie ein paar Pfunde mehr vertragen.“ Sie musterte mich von Kopf bis Fuß. Ich merkte, wie mich ihre deutliche Anerkennung erröten ließ, und fühlte ihren Blick noch auf mir, als ich den meinen bereits abgewandt hatte.

„In Wirklichkeit“, sagte ich, „esse ich wie ein Pferd. Martha sagt, daß ich auf der Welt bin, um sie zu quälen. Sie sieht mich essen und nimmt zu.“

„Aber manchen Frauen steht das Füllige“, sagte sie. „Ich fand Ihre Freundin sehr attraktiv.“

„Hm. Ich glaube, das beruht auf Gegenseitigkeit.“ Da! Ich hatte es gesagt. Halb erwartete ich, sie würde aufspringen, ihre unverrückbare Heterosexualität verkünden und zur Tür rennen. Doch sie lachte, und um ihre Augen bildeten sich Fältchen. „Was ist so lustig?“ fragte ich und nahm noch ein Stück Speck.

„Du“, sagte sie. „Ich habe von Anfang an versucht, aus dir schlau zu werden. Bei deiner Freundin Martha war es leicht, aber bei dir war ich mir nicht sicher.“ Ich mußte lachen, weil ich das gleiche bei ihr versucht hatte.

„Und was macht dich jetzt so sicher?“

„Verschiedenes. Zum einen die Art, wie du mich vorhin prüfend angesehen hast. Und wie du rot geworden bist, als ich dich dabei ertappte.“

„Ich habe dich *nicht* prüfend angesehen“, widersprach ich.

„O doch“, sagte sie. „Und eben, als ich *dich* musterte, bist du wieder rot geworden.“

„Vielleicht werde ich eben schnell rot“, sagte ich errötend.

„O nein. Ich habe das Gefühl, du bist seit Jahren nicht mehr errötet.“

„Können wir das Thema wechseln?“ Ich stand auf und stellte mein Geschirr in die Spüle. Mein Herz klopfte wie bei einem heftig verknallten Schulmädchen. Am liebsten wäre ich aus dem Zimmer gerannt.

Erica trat hinter mich. Sie legte die Hand auf meine Schulter und drehte mein Gesicht zu sich. „Entschuldige. Ich wollte dich nicht in Verlegenheit bringen.“

„Schon gut“, sagte ich und mied ihren Blick.

„Nein. Noch nicht. Ich bin normalerweise nicht so direkt. Ehrlich. Können wir die letzten fünf Minuten einfach vergessen? Und neu anfangen?“

Ich sah in ihre unglaublich blauen Augen, und mein Magen machte einen Hüpfer. „Ich glaube nicht.“ Ich riß meinen Blick von ihr los und nahm ihre Hand von meiner Schulter. Der elektrische Schlag, der mich durchzuckte, als ich ihre Hand berührte, warf mich beinahe um. Ich ließ sie sofort los und versuchte, Fassung zu bewahren. Diese Frau hatte mich aus dem Gleichgewicht gebracht, und ich war von einem Fallgefühl überwältigt, das mir Angst machte. Ich mußte immer an Martha denken, wie ihre großen braunen Augen Erica mit unverhülltem Interesse angestrahlt hatten, und fragte mich, ob ich richtig lag.

„Ich werde nach den Hendersons sehen und ihnen ein paar Kleidungsstücke bringen“, sagte ich und trat zur Seite. „Dann werde ich einige Nachforschungen anstellen. Fühl dich wie zu Hause. Ich kann dich aber auch irgendwo für den Tag absetzen, wenn du möchtest.“

„Ich möchte lieber mit dir gehen“, sagte sie und folgte mir ins Wohnzimmer. „Wenn es dir nichts ausmacht. Ich verspreche, nicht im Weg zu stehen. Ich ertrage es nur nicht, tatenlos herumzusitzen. Vielleicht kann ich sogar irgendwie behilflich sein.“ Sie lächelte unwiderstehlich, und wider besseres Wissen willigte ich ein. Innerlich war ich hin und her gerissen zwischen dem heftigen Wunsch, ihr nahe zu sein, und dem noch heftigeren Drang zu fliehen. Also tat ich, was ich bei innerem Aufruhr immer mache. Ich versteckte meine Gefühle hinter Humor.

„Solange du weißt, wer Sherlock ist und wer Holmes.“ Das war ziemlich lahm, aber wir lachten beide begeistert, und die Spannung zwischen uns ließ ein wenig nach.

Auf dem Weg fragte ich mich, ob das Feuer und der Mord an Walter Trinidad etwas miteinander zu tun hatten. Ich glaube nicht an Zufälle. Jake hatte mir mindestens ein dutzendmal empfohlen, auf Dinge zu achten, die mir eigenartig vorkamen. „Wenn du am Kühlschrank vorbeigehst, und ein fauler Geruch weht dir in die Nase, dann marschierst du auch nicht einfach weiter, oder? Nein, du öffnest die Tür und suchst, bis du weißt, was schlecht geworden ist." Wenn Jake hier wäre, dachte ich, würde er mich fragen, wie wahrscheinlich es wohl ist, daß in Cedar Hills im Abstand von ein paar Tagen ein Mann umgebracht wird und ein Haus niederbrennt.

Tatsache war, daß zwar hin und wieder ein Jugendlicher von zu Hause wegrannte, sonst aber in Sachen Kriminalität nicht viel passierte. Und aus irgendeinem Grund nahm ich an, daß das Haus der Hendersons absichtlich angesteckt worden war. Immer wieder stellte ich mir das Boot vor, das ich in der Dunkelheit hatte wegfahren sehen, mit den komischen kleinen Punkten darüber, wie Leuchtkäfer. Ich schloß die Augen und sah die orangefarbenen Punkte, wie sie mal stärker, mal schwächer wurden, und plötzlich wußte ich, was ich gesehen hatte: Zigaretten!

Ich versuchte mich zu erinnern, wie viele es waren, und kam auf drei oder vier. Das heißt, es waren mindestens drei, vielleicht vier Leute in diesem Boot. Aber Brandstiftung betrachtete ich nicht als typisches Gruppendelikt. Als ich über die Unwahrscheinlichkeit der ganzen Sache nachsann, nahm der Gedanke, der sich mir seit gestern entzogen hatte, klare Form an.

„Dein Onkel hat nicht geraucht, oder?" fragte ich Erica.

„Soll das ein Scherz sein? Er war militanter Nichtraucher. Einer, der mit den Händen wedelt, sobald sich jemand im Umkreis von einer Meile eine anzündet. So war er jedenfalls früher. Ich glaube nicht, daß er sich groß geändert hat."

„Nun, der Barfrau von Loggers Tavern zufolge hat er sich überhaupt nicht verändert. Er kam einmal in die Bar, um mit hundert Dollar ein persönliches Konto zu eröffnen, betrat sie aber nie wieder, weil sie ihm zu verraucht war." Ich beschloß, den Teil von den einheimischen Burschen zu überspringen, die einen auf ihren Onkel gehoben und ihre Feier mit seinem Konto finanziert hatten.

„Warum fragst du?" fragte sie.

„Nun, gestern bemerkte ich Zigarettenasche im Rennboot deines Onkels. Die Asche fiel mir auf, weil das Boot ansonsten so pieksauber war. Ich kam gar nicht auf den Gedanken, daß er nicht raucht. Wenn man bedenkt, daß er zuletzt in diesem Boot gesehen und daß es zu seinem Dock zurückgebracht wurde, wahrscheinlich nachdem er ermordet wurde, kann man wohl behaupten, daß wer immer das Boot zurückbrachte, dabei geraucht hat."

„Dann ist der Mörder meines Onkels also Raucher."

„Das reduziert den Kreis auf circa die halbe Stadt." Diese Schlußfolgerung erheiterte mich keineswegs.

„Aber wir haben wenigstens eine Verbindung zwischen dem Feuer und dem Mord an meinem Onkel", sagte sie. „Ich finde, das ist zwar dürftig, aber immerhin etwas."

„Dürftig ist nicht das richtige Wort", sagte ich. „Schauen wir mal, was der Sheriff herausgefunden hat. Wenn wir recht haben und sich die Leute vom Boot wirklich bei den Hendersons herumgetrieben haben..." Ich zuckte mit den Schultern. Mary hatte gesagt, sie habe Stimmen gehört, und wenn es zwischen dem Feuer und dem Mord eine Verbindung gab, dann mußte ich nach mehr als einem Mörder suchen.

„Ein brandstiftendes Mörderpack.“ Erica kicherte, so absurd war der Gedanke.

„Eine Bande mordender Pyromanen.“

„Die rauchen wie die Schlote“, fügte sie hinzu. Als wir zum Anleger der Hendersons kamen, lachten wir beide wie die Idioten.

Der Anblick des verkohlten Gebälks, einst das Haus der Hendersons, ernüchterte uns schnell. Bei Tageslicht sah es noch schauriger aus als bei Nacht. Gestank wie von versengtem Haar lag in der Luft, und vom Steg aus konnten wir die Hendersons, Sheriff Booker und andere Leute herumwuseln und in den Trümmern nach Brauchbarem stochern sehen. Erica und ich stiegen aus dem Boot, und sie reichte mir das Kleiderbündel, das wir zu Hause zusammengepackt hatten.

„Mom! Die Detektivinnen kommen!“ rief Mollie und kam uns freudig entgegengesprungen. Sie trug eine neues knallrosa Sweatshirt, das bereits rußverschmiert war.

„Die Dame von der Lodge hat uns allen neue Jogginganzüge im Haushaltswarenladen gekauft“, sagte sie und wirbelte herum, damit wir die neuen Klamotten bewunderten. „Daddy hat sie natürlich bezahlt, aber es war eine nette Geste, nicht wahr?“

„Aber sicher“, pflichtete ich ihr bei. Mrs. Henderson kam auf uns zu. Sie schleppte einen Tresor, der die Hitze überstanden hatte, und setzte ihn neben die anderen geretteten Gegenstände auf den Boden. Sie trug einen billigen türkisfarbenen Trainingsanzug, der ein wenig zu eng saß, aber sicher besser war als das Nachthemd, das sie am

Abend zuvor anhatte. Ihr hellbraunes Haar war mit einem knallgrünen Schal zurückgebunden, ihr rundes hübsches Gesicht rußbefleckt. Ich überreichte ihr die mitgebrachten Kleider und sagte: „Wenn etwas dabei ist, das Sie brauchen können, leihen Sie es nur aus. Sie können mir die Sachen später zurückgeben."

Sie sah mich an, dann Erica, Tränen traten ihr in die Augen und rannen über ihre Wangen. „Alle waren so verdammt nett", sagte sie und wischte die Tränen ab. „Wahrscheinlich muß erst etwas Schreckliches passieren, bis wir merken, wie gut es uns wirklich geht."

„Was sagt der Sheriff?" fragte ich. „Hat er eine Ahnung, wer das Feuer gelegt hat?"

Sie seufzte. „Er sagt, es war Brandstiftung. Draußen sind zwei Benzinkanister gefunden worden. Außerdem mehrere Fußabdrücke, verschiedene, deswegen glaubt er, daß mehrere Personen beteiligt waren."

Erica und ich wechselten einen Blick, sagten aber nichts.

„Nun, das ist eigenartig", sagte Mrs. Henderson und sah an uns vorbei den Weg hinunter. „Ich bin heute morgen ein dutzendmal hier vorbeigegangen, aber erst jetzt merke ich, daß unser Schild fehlt."

„Was für ein Schild?", fragte ich.

„Es war handgemacht. ‚Hendersons Hideaway' stand darauf. Das Feuer kam doch nicht bis hierher. Was ist damit passiert?"

„Vielleicht hat Ihr Mann es abgenommen", meinte Erica.

„Vielleicht." Sie klang nicht überzeugt. Sie ging zur Ruine zurück, als Sheriff Booker mit schnellem Schritt auf uns zu kam. Der Wind zerzauste sein silberweißes Haar.

„Cassidy James. In den letzten zwei Tagen habe ich Sie öfter gesehen als in den letzten zwei Jahren!“ Er klang erheblich fröhlicher als am Abend zuvor.

„Nun, Sie scheinen darüber nicht allzu erfreut zu sein.“

„Im Gegenteil. Wie ich gehört habe, habt ihr Mädels der Kleinen das Leben gerettet. Seid ihr gestern abend rein zufällig vorbeigekommen?“

„Ich fuhr mit Ms. Trinidad zu meinem Haus, wie ich Ihnen am Telefon gesagt habe. Hören Sie, Sheriff, wie wär's mit ein wenig quid pro quo?“

„Sie meinen, eine Hand wäscht die andere?“

„Ja, so ähnlich“, sagte ich. „Ich finde, wenn wir uns schon dauernd über den Weg laufen, können wir auch zusammenarbeiten.“

„Sie wollen mir doch nicht sagen, daß Sie jemand beauftragt hat, sich mit diesem Brand zu befassen?“

„Eigentlich nicht“, gab ich zu und suchte nach den richtigen Worten. „Aber ich glaube, daß der Brand etwas mit dem Mord an Trinidad zu tun hat. Deshalb ist das Feuer vielleicht doch von Bedeutung.“

Sheriff Booker legte mir seinen Arm um die Schultern und schob mich Richtung Anlegestelle. „Cassie, Sie wissen sehr wohl, daß es Ihre Pflicht ist, jeden Verdacht einem Polizeibeamten zu melden, und in diesem Fall bin ich das. Also, wie kommen Sie darauf, daß das Feuer mit dem Mord an Walter Trinidad in Verbindung stehen könnte?“

Ich holte tief Luft und erzählte ihm von der Asche in Trinidads Boot und von dem Boot, das wir gestern abend von den Hendersons wegfahren sahen, mit drei, vielleicht vier Personen besetzt, alle rauchend.

„Haben Sie gesehen, was für ein Boot es war, Cass? Farbe, Form, Größe, irgend etwas?“

„Es lag tief im Wasser. Keine Kabine. Etwa wie ein Fischerboot. Es könnte auch ein Motorboot aus Aluminium oder sogar ein Rennboot gewesen sein. Es war dunkel und das Boot, wie gesagt, nicht beleuchtet. Daß es mindestens drei waren, wissen wir wegen der Zigaretten."

Sheriff Booker strich nachdenklich über den silbernen Schnurrbart und blickte zu den Wolken auf, als hinge dort die Antwort. Das Wetter wurde kühler, und ich war auf Regen gefaßt. „Nun gut", sagte er schließlich, „das ist ja sehr interessant. Ich habe ein Durcheinander von Fußabdrücken rund ums Haus gefunden. Von unterschiedlicher Größe. Natürlich sind seit gestern viele Leute da herumgetrampelt, wir werden sie nur durch ein Wunder richtig zuordnen, aber ein Anfang wäre gemacht, nicht wahr?"

„Unterscheiden sich die Fußabdrücke nicht, je nachdem ob sie aus der Zeit vor oder nach dem Feuer stammen?" fragte ich. „Ich denke, auf den Fußabdrücken vor dem Feuer müßte Asche liegen, und auf denen der Nachbarn, nach dem Feuer, dürfte keine Asche sein."

Sheriff Booker schenkte mir ein so seeliges Lächeln, daß es, wäre ich hetera, mein Herz geschmolzen hätte. Mit über fünfzig sah er zweifellos immer noch besser aus als jeder andere mir bekannte Mann.

„Ich wollte, ich hätte vor zwei Stunden daran gedacht", sagte er. „Bei Gott, Miss James, vielleicht ist was dran. Es ist alles ziemlich zertrampelt, aber vielleicht finden wir doch noch etwas Brauchbares. Ich hoffe, Sie haben recht." Er ging in flottem Tempo den Weg hinauf und ich hinterher. „Was Ihre Theorie über eine Verbindung zwischen diesem und dem Fall Trinidad angeht", sagte er über die Schulter, „nun, ich persönlich glaube, die Theorie ist völlig verrückt. Solange Sie nichts Besseres vorweisen können als die Tatsache, daß in beiden Fällen geraucht wurde, muß ich sie als zwei getrennte Vorfälle betrachten, die nichts miteinander zu tun haben."

Er hatte recht, und ich wußte es. Ich sah ihn zur einen Seite des Hauses eilen und kniend die Fußabdrücke untersuchen. Mrs. Henderson kam mit leeren Händen heraus, und ich vermutete, daß alles, was zu retten war, bereits in den Vorgarten geschleppt worden war. Viel war das nicht, dachte ich mit Blick auf den armseligen Haufen. Wenigstens war niemand verletzt worden.

„Er sagt, er hat es nicht abgenommen", sagte sie.

„Wie bitte?"

„Mein Mann. Er sagt, er hat das Fehlen des Schildes heute morgen sofort bemerkt. Er hat keine Ahnung, wo es ist. Ich glaube einfach nicht, daß jemand unser Schild stiehlt. Die Mädchen haben es auch nicht gesehen."

„Vielleicht ein Nachbar..." Ich führte den Satz nicht zu Ende. Der Gedanke, ein Nachbar würde nach so einer Katastrophennacht ein Schild stehlen, war zu abwegig. Außerdem: Was sollte jemand mit einem Schild mit fremdem Namen?

Ich bot der Familie noch einmal mein Haus an, aber Mrs. Hendersohn lehnte noch einmal ab, je eher sie vom See wegkamen, desto besser, meinte sie. Ich hatte das Gefühl, Cedar Hills war eben dabei, eine nette Familie zu verlieren. Bevor ich ging, wollte ich mit Mollie sprechen, nur um sicher zu sein, daß sie nicht allzu sehr unter dem Streß der letzten schlimmen Nacht litt. Wir gingen zusammen zum Boot, und sie versicherte mir, daß es ihr gut gehe.

„Ich mache mir eher Sorgen um Mom", sagte sie. „Dad kommt gut zurecht. Die Versicherung wird wohl die

Kosten für einen Neubau übernehmen. Aber Mom ist völlig verängstigt. Sie glaubt, daß jemand hinter uns her ist."

„Und was denkst du?" fragte ich.

„Ich denke, dieser Mistkerl Alan Pinkerton hat etwas damit zu tun!"

„Alan Pinkerton? Wer ist Alan Pinkerton?"

Ihre Schwester tauchte plötzlich auf, und ich zuckte zusammen, als sie sagte: „Fang nicht wieder damit an, Mollie. Du bist wie eine zerkratzte Schallplatte."

„Wovon redet sie?" fragte ich Mary, die wie die anderen einen neuen Trainingsanzug trug. Ihrer war hellblau und paßte zu ihren Augen.

„Sie meint, der Junge, mit dem ich *einmal* ausgegangen bin, ein einziges Mal, war so verrückt nach mir, daß er einfach unser Haus niederbrannte, als ich mich weigerte, noch einmal mit ihm auszugehen."

„Er hat dich doch tausendmal angerufen!" verteidigte sich Mollie.

„Ist das zu glauben?" gab Mary zurück. „Meine Schwester hat zuviel Phantasie."

„Du könntest recht haben", sagte ich und fühlte den unglücklichen Blick der verratenen Mollie auf mir. „Man kann aber nie wissen", versuchte ich sie zu beschwichtigen. „Tausend Anrufe, hm? Der Junge muß verliebt sein."

„Der widerliche Kerl, meinen Sie", sagte Mollie. „Meistens legt er wieder auf. Oder er schnauft so komisch. Oder er flüstert ‚Mary, Mary, Mary' – ein Perverser."

„O Mollie", sagte Mary.

„Wann hat er das letztemal angerufen?" fragte ich.

„Gestern abend", erklärte Mary. „Dad hat den Anruf entgegengenommen und gesagt, er soll uns nicht weiter belästigen, oder er ruft die Polizei. Etwas lästig war es schon, aber harmlos. Der Kerl spielt schließlich im Footballteam, er ist kein Außenseiter in Schwierigkeiten oder so. Ich glaube, er kennt nur keine Mädchen, die nein sagen."

„Jawohl", fiel Mollie ein. „Das war ein Angriff auf sein zerbrechliches männliches Ego."

Ich muß zugeben, ich mochte dieses Kind mit seiner lebhaften Phantasie. „Grund genug, der Sache nachzugehen", sagte ich und stieg in mein Boot. „Wenn dir sonst noch etwas einfällt, ruf mich an." Erica stieß uns vom Steg ab, wir brausten davon und überließen es Mary, sich mit ihrer auffallend intelligenten und hartnäckigen kleinen Schwester auseinanderzusetzen.

7

Als wir in den Hafen einliefen, fing es leicht an zu regnen. Tommy, in abgeschnittenen Jeans und T-Shirt, schien den Wetterumschwung nicht zu bemerken. Er grinste, als ich einen freien Liegeplatz anfuhr, und fuhr fort, strahlend weiße Poller anzunageln.

„Guten Morgen die Damen", sagte er mit einer halbgerauchten Zigarette zwischen den Zähnen. Komisch, dachte ich, Tommy hat doch nie geraucht. Vielleicht dachte ich plötzlich zuviel ans Rauchen.

„Guten Morgen, Tommy. Was gibt's Neues?"

„Die neuen Poller sind gekommen." Das war nicht zu übersehen. „In Pebble Cove hat es letzte Nacht einen

Brand gegeben. Ich habe es nicht gesehen, aber man sagt, das ganze Haus sei niedergebrannt. Und Meg Simpson hat letzte Nacht ihr Baby bekommen. Ein Mädchen."

„Tommy, Sie sind heute eine richtige Informationsquelle", sagte ich. „Wissen Sie vielleicht auch, wann und wo das Footballteam trainiert?" Erica sah mich von der Seite an, und ich zuckte mit den Schultern. Ich hatte nun mal keine bessere Spur. Warum also nicht?

„Im Sommer?" fragte Tommy. „Sie treffen sich eigentlich erst wieder ab Mitte August. Aber manche spielen auf eigene Faust drüben bei der Schule. Heute ist Samstag, vielleicht sind sie jetzt dort. Kann aber auch sein, daß sie noch schlafen oder zum Fischen gefahren sind. Die Barsche sind im Augenblick ganz wild. Hab' gestern eine wirkliche Schönheit gefangen."

„Wirklich? Wo denn?" fragte ich und dachte an Tommys Boot. Es war ein königsblaues Rennboot, das tief im Wasser lag und soviel ich wußte, nicht einmal Fernlichter hatte. Neben dem Fahrer bot es drei Leuten Platz, wenn sie eng zusammenrückten.

„Das kann ich Ihnen nicht sagen, Cass. Gesetz der Barschfischer. Verrate nie einen guten Fangplatz."

„Aber ist das nicht gefährlich? Nachts ohne Scheinwerfer zu fahren?"

„Nein, mach' ich immer. Man kommt so leichter an die Fische ran." Tommys Augen blitzten schelmisch.

„Daß Sie das Feuer nicht gesehen haben, wundert mich." Ich ignorierte Ericas hochgezogene Augenbrauen.

„Selbst wenn, hätten wir nicht viel tun können. Habe gehört, daß es im Handumdrehen bis auf den Grund niedergebrannt ist." Er schnippte zur Unterstreichung mit den Fingern.

„Sie waren also nicht allein draußen?" fragte ich und versuchte nicht bohrend zu klingen. Schließlich betrachtete ich Tommy Green als Freund.

„Naja, wenn ich die Wahrheit sagen soll", sagte Tommy leicht errötend, „ich war mit einer Freundin unterwegs. Wir haben gar nicht soviel gefischt."

Vielleicht bin ich zu skeptisch, aber wenn jemand behauptet, er sage die Wahrheit, werde ich unruhig. Das Erröten schien andererseits echt. „Doch nicht das hübsche Mädchen, mit dem Sie letzte Woche bei McGregors geflirtet haben?" fragte ich, neugierig geworden. Tommys blaue Augen wurden schmal, und er schleuderte seine Zigarette in den See.

„Küsse und schweige, Cassidy. Das ist eine meiner Regeln." Er verzog sein Gesicht in dem Versuch, ernsthaft zu wirken, das Ergebnis war eher komisch. Es war sowieso Zeit, von ihm abzulassen.

„Okay, Tommy. Ihr Geheimnis ist bei mir gut aufgehoben", sagte ich und hoffte, daß die scherzhafte Bemerkung den Verdacht in meiner Stimme kaschierte. Ich warf Erica vom Boot aus eine Regenjacke zu, und wir gingen die Rampe hinauf.

„Du verdächtigst ihn, nicht wahr?" flüsterte sie.

„Ich weiß nicht", sagte ich unsicher. „Im Moment schließe ich niemand aus."

„Auch mich nicht?" Sie streifte die Regenjacke über ihren wohlproportionierten Körper. Erstaunlich, dachte ich, daß jemand in einer Regenjacke so gut aussehen konnte.

„Auch dich nicht", bestätigte ich und zog meine Jacke über den Kopf.

Ich lebte schließlich an einem See in Oregon, da hatte

ich binnen kurzer Zeit Auto, Boot und Haus mit reichlich Reserve-Regenzeug ausgestattet. Schirme wurden nur bei extremem Wetter benutzt. Wer bei diesem leichten Nieseln einen aufspannte, wäre sofort als aus Kalifornien zugereist geoutet. Das erklärte ich Erica, als wir zu unserem Regenrundgang aufbrachen.

„Die Stimmung hier ist wohl ziemlich anti-kalifornisch." Ich war mir nicht sicher, aber vielleicht war sie beleidigt wegen meiner letzten Bemerkung.

„Wohl auch nicht mehr als anderswo", sagte ich, froh, daß sie das Thema nicht weiter verfolgen wollte. „Das scheint überall nördlich und südlich von Kalifornien ein weit verbreitetes Gefühl zu sein; so wie viele Europäer die Amerikaner nicht mögen. Ich weiß nicht, ob es Neid ist wegen der Sonne oder Mißtrauen wegen des liberalen Lebensstils. Manche Vorbehalte sind auch berechtigt. Kalifornier haben mehr Geld in der Tasche. Verkaufen ihre Häuser in Kalifornien für zwei- oder dreihunderttausend, kommen hierher und leben spottbillig. Im Vergleich zu den Einheimischen sind sie reich. Sie fahren die dickeren Autos, tragen modischere Kleidung und kaufen die größeren Boote. Außerdem beklagen sie sich pausenlos über den Regen. Das Schlimmste ist, daß sie dauernd herumnörgeln. Sie erwarten schnellere Bedienung in Restaurants und Läden, größere Auswahl und bessere Qualität. Nicht-Kalifornier behandeln sie wie Landeier. Kein Wunder, daß sich die Leute über die Invasion ärgern."

„Es ist komisch", bemerkte Erica, als wir durch die Straßen von Cedar Hills gingen, „du sagst immer ‚sie' und ‚die', aber du bist doch selbst Kalifornierin, oder?"

„Stimmt. Ideologisch liege ich wohl irgendwo dazwischen. Ich mag den langsamen Lebensrhythmus hier, die

Leute. Ich mag die Bäume und die frische Luft. Ich vermisse weder die Gewalttätigkeit noch den Smog. Hier mag ich mich auch selbst lieber. Ich bin nicht mehr so gehetzt. Entspannter. Aber manchmal fühle ich mich doch wie eine Außenseiterin. Die Leute behandeln mich freundlich, aber ich weiß nicht, wie sie reagieren würden, wenn sie von meiner sexuellen Orientierung wüßten."

„Wie sieht dann dein soziales Leben aus?" fragte Erica. „Ich nehme an, es gibt nicht viele Orte für Schwule und Lesben in Cedar Hills."

Ich dachte nach. „Stimmt, in Cedar Hills nicht. Aber in Ashland und Portland gibt es eine große Lesbenszene. Selbst Kings Harbor bietet ein paar Möglichkeiten. Martha will mich immer bewegen, irgend etwas mitzumachen. Golfturniere, Tanzabende, Softballspiele. Und ich weiß von mindestens einer Lesbenbar. Bisher war ich wohl einfach nicht besonders interessiert. Aber es ist gut zu wissen, daß es sie gibt, falls ich meine Meinung ändere."

„Hm. Wenn diese Geschichte vorbei ist, sollten wir sie vielleicht mal ausprobieren. Vielleicht kann uns deine Freundin Martha mitnehmen." Sie lächelte, und ich spürte wieder dieses bekannte Gefühl im Magen.

Wir waren am Ende der Main Street angekommen, und als wir um die Ecke bogen, lag die Schule von Cedar Hills vor uns, ein orange-grünes Monster, das sich über fast einen Quadratkilometer ausbreitete. Ich war schon oft daran vorbeigegangen, hatte mich aber nie bemüßigt gefühlt, einen Fuß auf das Gelände zu setzen. Sechs Jahre lang hatte ich in den unteren Klassen einer Highschool unterrichtet, und mein Bedarf an lärmenden Jugendlichen war gesättigt. Um nicht falsch verstanden zu werden: Ich habe gern unterrichtet. Doch nun hatte ich den Beruf an den Nagel gehängt und nicht den Wunsch, an einen solchen Ort zurückzukehren.

Die Schule war viel zu groß für Cedar Hills, obwohl alles vom Kindergarten bis zur Abschlußklasse dort untergebracht war. Zu einer Zeit gebaut, als Cedar Hills eine blühende Holzfällerstadt war, bot sie mehr Platz, als die paar hundert Schülerinnen und Schüler benötigten.

„Meinst du wirklich, daß dieser Alan Pinkerton etwas mit dem Feuer zu tun hat?“ fragte Erica. „Ich dachte, du wolltest nur der kleinen Mollie entgegenkommen.“

„Ja, stimmt. Aber ich will ihn trotzdem ausschließen können. Außerdem ist es ein schöner Tag für einen Spaziergang.“

Erica lachte, weil wir trotz unserer Regenjacken bereits ziemlich durchnäßt waren. Wir traten unter das Dach der Wandelhalle und wichen den Pfützen aus, die sich unter den Abflußrohren gebildet hatten. Die Wände waren mit bunten Abbildungen des Schulmaskottchens geschmückt, Cedar Hills Duck, ein ziemlich finsterer Verwandter von Daffy. Weiter vorn stand ein Putzwagen vor einer offenen Tür. Ein Mann mit grauem Stoppelbart und Seemannsmütze leerte den Inhalt einer Kehrschaufel in eine Metalltonne auf dem Wagen.

„Entschuldigen Sie“, sagte ich. „Können Sie uns sagen, wo das Footballfeld liegt?“

Er starrte uns über seine Hornbrille hinweg an und deutete nach Osten, in unsere Richtung.

„Hatten Sie einen Unfall?“ fragte ich, weil er Glasscherben in die Tonne warf.

„Verdammte Vandalen“, sagte er. „Haben den Biologieraum verwüstet.“

„Wirklich? Wann ist das passiert?"

„Weiß nicht." Er zuckte mit den Schultern. „Kann letzte Nacht gewesen sein, oder irgendwann nach Dienstag. Da habe ich zum letztenmal hier geputzt. Da war er noch in Ordnung. Sehen Sie bloß."

Er trat zur Seite. Erica und ich blickten in den Raum. Stühle und Tische waren umgestoßen, und überall lagen Glassplitter. Das eingeschlagene Fenster an der gegenüberliegenden Wand war offensichtlich der Zugang gewesen, und auf der grünen Wandtafel prangte ein riesiges Hakenkreuz.

„Wer kann das gewesen sein?" fragte ich.

Der Mann sah mich an. „Kenne ich Sie?" fragte er. „Ich kann mich nicht erinnern, Sie hier schon mal gesehen zu haben. Ich bin Earl Bean, der Hausmeister."

Erica und ich stellten uns vor, und aus alter Gewohnheit reichte ich ihm eine meiner Visitenkarten.

„Eine Privatdetektivin? Na, gut. Vielleicht erwischen Sie die Kerle, die das getan haben. Die würde ich gern in die Finger kriegen."

„Ist so etwas schon mal passiert?" fragte ich, betrat das Schulzimmer und ging vorsichtig umher. Viele Scherben stammten von den Glasgefäßen mit Chemikalien, und der Geruch im Raum war unangenehm. Hoffentlich befand sich unter den ausgelaufenen Flüssigkeiten nichts Gefährliches.

„So etwas gab es noch nie", erwiderte er. „Manchmal ein paar Graffitti an den Wänden. Immer mal wieder diese verdammten Hakenkreuze. Hin und wieder ein eingeschlagenes Fenster. Aber das hier ist gemein. Sehen Sie nur, was sie mit den Fröschen angestellt haben." Er ging in einen kleinen Nebenraum, und ich folgte ihm. Auf dem

Tisch lagen ein gutes Dutzend toter, nach Formaldehyd stinkender Frösche. Sie waren in verschiedenen Stellungen geschlechtlicher Vereinigung angeordnet, einige von bemerkenswerter Orginalität.

„Putzig“, sagte ich.

„Eklig, wenn Sie mich fragen. Sehen Sie sich den hier an. Da wollte anscheinend jemand Froschschenkel zum Mittagessen.“ Wirklich, jemand hatte den armen Frosch unterwärts verstümmelt.

Erica trat hinter uns. „Wenigstens wurde *dieser* Raum nicht verwüstet.“

„Ich frage mich, was sie mit dem Formaldehyd gemacht haben?“

„Was meinst du damit?“ fragte Erica.

„Nun, Formaldehyd hat einen sehr eigenen Geruch. Es sind hier eine Menge Chemikalien verschüttet, aber ich wette meinen letzten Dollar, Formaldehyd ist nicht dabei. Und ich sehe auch keines. Das heißt, wer immer die Frösche aus ihren Behältern holte, hat die Formaldehydbehälter mitgenommen.“

Zu dritt begannen wir das Biologielabor nach den Behältern abzusuchen, in denen die Frösche in Formaldehyd gelegen hatten, und schnell wurde deutlich, daß ich recht gehabt hatte. Wenn die Frösche nicht selbst auf den Tisch gehüpft waren, sich in eine amphibische Orgie gestürzt hatten und dann vor Erschöpfung gestorben waren, hatte sich jemand mit den Formaldehydgefäßen davongemacht.

„Ein Glück, daß ihnen der Raum nicht in tausend Stücken um die Ohren flog“, sagte der Hausmeister.

„Wie das?“ fragte ich.

„Na, all die Chemikalien und dann direkt daneben rauchen, das hätte eine Explosion geben können.“ In meinem Kopf begannen kleine Glocken zu läuten. „Woraus schließen Sie, daß geraucht wurde?“ fragte ich.

„Die Kippen“, sagte er. „Ich habe zwei direkt hier am Fenster gefunden.“

„Kann ich sie sehen?“ Mein Herz tanzte kleine Pirouetten.

„Ich habe sie bereits weggekehrt, aber Sie dürfen gern in den Abfalleimer sehen.“

Trotz der Gefahr, mir an den Scherben die Pulsadern aufzuschneiden, arbeitete ich mich behutsam durch den vermischten Abfall, bis ich auf die zwei Zigarettenkippen stieß. Eine war noch ziemlich lang. Eine Marlboro. Ich wickelte sie sorgfältig in ein Papiertaschentuch und steckte es in meine Jackentasche.

„Die Sache wird unheimlich“, murmelte Erica.

„Vielleicht ist es nur Zufall“, sagte ich.

„Ich dachte, du glaubst nicht an Zufälle.“

„Stimmt.“

Wir gingen wieder hinein, um beim Aufstellen der Tische und Stühle zu helfen, aber Mr. Bean winkte ab. „Geht nur, Mädels. Ich mache hier fertig. Aber Sie müssen mir eins versprechen: Wenn Sie die Übeltäter erwischen, geben Sie ihnen ein Abreibung.“

Aus irgendeinem, mir selbst nicht ganz klaren Grund hatte ich es nicht eilig. Ich ging den Raum ab und suchte... wonach, wußte ich nicht. Und dann entdeckte ich es.

„Sieh mal!“ sagte ich und deutete auf das zerbrochene Fenster. Ein kleines Dreieck aus grünem Nylon steckte locker auf einem hervorstehenden Glasstück wie eine winzige Flagge im Wind. Schnell zog ich eines der Pulte zum Fenster, kletterte ungeschickt hinauf, und es gelang mir, den Nylonfetzen abzunehmen.

„Sieht wie eine dieser Schuljacken aus", sagte Mr. Bean und starrte auf das Stückchen Stoff. „Ich habe auch eine, die sieht genau so aus. Klar, fast die ganze Stadt trägt solche Jacken, drum hilft uns das vielleicht nicht viel weiter."

„Möglich, Mr. Bean", sagte ich, entschlossen, mir von seinem Pessimismus nicht die Laune verderben zu lassen. „Aber nicht jeder trägt eine Jacke mit einem kleinen Loch, nicht wahr?"

„Da haben Sie auch wieder recht, Fräuleinchen", sagte er und nagte an der Unterlippe. Er schob das zerbrochene Glas zu kleinen Haufen zusammen, wir überließen ihn seiner Arbeit und machten uns auf den Weg zum Footballplatz. Er war leer. Es regnete nun heftig, und selbst die abgehärtetsten Jungen hatten Verstand genug, vor dem Unwetter Schutz zu suchen. Wir drückten uns unter ein Vordach, bis der Regen nachließ, und gingen dann zum Hafen zurück.

„Gut", sagte ich, „ich erzähle mal, wie es gewesen sein könnte, und du sagst, wenn ich etwas auslasse. Erstens, dein Onkel wird von zu Hause weggelockt, ermordet, sein Penis abgeschnitten und die Leiche im See versenkt. Jemand, vermutlich der Mörder, bringt das Boot zurück, hinterläßt Zigarettenasche auf dem Rand des Bootes. Während du schläfst, betritt jemand sein Zimmer, vielleicht auch nicht. Dein Onkel ist unbeliebt, und so fällt es nicht schwer, sich vorzustellen, daß jemand so wütend wurde, daß er ihn umbrachte. So weit, so gut?"

„Ich folge", sagte sie.

„Gut. Als nächstes zündet jemand das Haus der Hendersons an. Wir nehmen an, daß mehr als eine Person dabei war, weil wir in dem Boot, das sich von dort entfernte, drei, vielleicht auch vier Zigaretten glimmen sahen.

Im Gegensatz zu deinem Onkel sind die Hendersons beliebt. Keine Feinde, abgesehen vielleicht von einem unglücklich verliebten Teenager, von dem eine Neunjährige sagt, er sei unheimlich und behellige ihre ältere Schwester mit komischen Anrufen. Keiner, den man der Brandstiftung und des Mordes verdächtigen würde."

„Nur daß auch ich zwei komische Anrufe bekommen habe", warf Erica ein. „So haben wir wenigstens noch eine Verbindung zwischen den beiden Verbrechen."

„Genau. Mangels besserer Einfälle gehen wir zur Schule in der Hoffnung, den Anrufer zu Gesicht zu bekommen, der hier vielleicht im Regen Football spielt, finden aber statt dessen einen mutwillig zerstörten Biologieraum vor. Von der Tatsache abgesehen, daß Verbrechen in dieser Stadt selten sind und dies bereits das dritte innerhalb von drei Tagen ist, gibt es keinerlei Hinweise, daß der Vandalismus etwas mit dem Brand oder dem Mord zu tun hat. Außer daß auch hier wieder am Tatort Zigaretten geraucht wurden. Diesmal haben wir Glück, wir können die Marke identifizieren, und das grenzt das Ganze ein wenig ein. Aber die Verbindung ist immer noch extrem schwach. Fest steht, daß es mehr als ein Vandale war, wenigstens zwei von ihnen rauchten und einer mit einer grünen Jacke oder einem grünen Hemd mit einem kleinen Loch herumläuft."

„Und sie haben es mit Hitler", sagte Erica. „Hast du gesehen, wie groß das Hakenkreuz war? Das hat einige Zeit in Anspruch genommen."

„Richtig. Wir wissen allerdings nicht, ob sie etwas mit den anderen Verbrechen zu tun haben. Was sonst noch?"

„Nun, rein aus Neugier, hast du dir zufällig gemerkt, welche Zigarettenmarke Tommy geraucht hat?"

Ich nickte unglücklich. „Marlboro", sagte ich. „Was mich aber wirklich beunruhigt, ist etwas anderes. Überleg mal. Warum bricht jemand in das Biologielabor ein? Um tote Frösche bumsen zu lassen? Nein. Um an das Formaldehyd zu kommen. Und was macht man mit Formaldehyd? Tote Dinge konservieren. Die Frage lautet also: Wer hat das Bedürfnis, etwas Totes zu konservieren?" Ich wartete geduldig und haßte das Bild, das ich für sie zeichnete. Plötzlich kapierte sie, und ihr Gesicht wurde grün.

„O Gott", sagte sie. „Warum ist mir das nicht eingefallen? Wer immer den Penis meines Onkels abgeschnitten hat, wollte ihn aufbewahren. Wie eine Trophäe? Um Gottes willen. Ich glaube, ich muß kotzen."

„Ich auch." Wir blieben stehen und sahen zu, wie der Regen herunterprasselte. Eine Zeitlang schwiegen wir. Schließlich sagte ich: „Das könnte tatsächlich die Verbindung zwischen den Verbrechen sein. Vielleicht ist die Brandstiftung wirklich nicht in diesem Zusammenhang zu sehen, aber es ist durchaus möglich, daß es der Mörder war, der den Einbruch gemacht hat, um an Formaldehyd zu kommen. Das heißt, wir haben möglicherweise konkrete Beweise. Ich denke, wir sollten auf der Stelle mit Sheriff Booker sprechen."

Der Regen ließ nach, und wir eilten zum Hafen. Vorn hielten uns die Regenjacken relativ trocken, aber meine Kapuze rutschte immer wieder zurück, und so rann mir das Wasser in den Hals, durchnäßte mir den Rücken und klatschte mir die Haare an den Kopf. Wir waren auf halbem Weg, als ein alter grüner Lieferwagen neben uns hielt.

„Möchten die Damen mitgenommen werden?" fragte Jess mit schiefem Grinsen. Erica und ich, dankbar für die

Rettung, kletterten auf den muffig riechenden Vordersitz, und ich stellte die beiden einander vor. „Was macht die Detektivarbeit?“ fragte er, und seine grünen Augen strahlten.

„Es geht zu wie auf der Wildgansjagd“, sagte ich. „Je länger ich die eine Sache betrachte, desto mehr erfahre ich über eine andere. Und nichts scheint zusammenzupassen. Ich beginne an meinen Fähigkeiten zu zweifeln.“

„Aber Cassie. Du stellst dein Licht unter den Scheffel. Du fängst doch eben erst an. Wenn es dir ein Trost ist: Ich habe gehört, Sheriff Booker und dieser Kotzbrocken Grimes kratzen sich auch schwer am Kopf. Ich glaube aber, daß du die Lösung finden wirst.“

„Na, freut mich, daß irgend jemand Vertrauen in mich setzt. Hör mal, ich will dich nicht unterbrechen, aber kennst du zufällig einen gewissen Alan Pinkerton?“ fragte ich.

Jess sah mich prüfend an und schob sich das lange Haar hinter die Ohren.

„Sicher. Er spielt mit Dougie Football. Warum fragst du?“ Der Wagen stand schon in der Parkbucht, Jess hatte aber den Motor noch nicht abgestellt.

„Oh, nur so. Ich habe seinen Namen gehört, kann aber kein Gesicht zuordnen.“

„Du hast ihn bestimmt schon gesehen. Ein großer, gutaussehender Junge. Blond, hellblaue Augen. Er ist der Running-back. Nicht sehr schnell, aber er ist groß und rennt alle über den Haufen. Hast du schon mal ein Spiel gesehen?“

Ich erklärte Jess, daß ich bisher nicht das Vergnügen gehabt hatte.

„Oh, das ist nicht gerade ein großes Vergnügen. Letztes

Jahr haben sie eins zu sieben verloren. Es sind einfach nicht genug Jungen da für ein Team. Die meisten spielen auf beiden Seiten. Sogar Dougie, der zu klein ist, um überhaupt irgendwo mitzuspielen. Ich dachte, ein Team würde ihm guttun. Ihm Verantwortung beibringen, verstehst du? Aber es ist eher noch schlimmer geworden mit ihm.“ Seit ich Jess kannte, hatte er Schwierigkeiten mit seinem Sohn.

„Beklaut er dich immer noch?“ Der Junge stahl kleine Geldbeträge und Bier, hatte ich letztesmal erfahren.

„Seit ich ihn auf frischer Tat ertappt habe, nicht mehr. Cass, ich schwöre dir, ich halte nichts davon, Kinder zu schlagen, aber da habe ich ihn gewaltig verdroschen. Er wühlte in meiner Brieftasche und hatte auch noch den Nerv, mir ins Gesicht zu lügen. Jetzt redet er nicht mehr mit mir und seine Mutter auch nicht. Ich will dir was sagen: Der Tag, an dem er achtzehn wird, kann gar nicht schnell genug kommen.“

„Wie geht's der kleinen Jess?“ fragte ich. Seine zehnjährige Tochter Jessica hatte mir letzten Sommer fast eine Woche lang beim Anlegen eines Gemüsegartens geholfen. Ich bezahlte sie anständig, und wir mochten uns. Seite an Seite gruben wir in der Erde, und die Sonne bräunte unsere Rücken. Sie stellte mir tausend Fragen über meine Arbeit als Privatdetektivin und legte eine gesunde Neugier an den Tag. Ein prima Kind.

„Sie macht sich wirklich gut. Hat sich einige Rasenmäh-Jobs organisiert und greift die Knete schneller ab als ihr alter Vater. Kürzlich hat sie sogar ein eigenes Bankkonto eröffnet.“ Sein Gesicht strahlte vor Stolz. Die kleine Jess, mit dem langen braunen Haar, das sie wie ihr Vater als Pferdeschwanz trug, und den großen grünen Augen, die hinter der Nickelbrille noch größer wirkten, war ein Abbild des großen Jess. Für ihr Alter war sie noch klein, aber ihre schlaksige Figur ließ erahnen, daß sie bald in die Höhe schießen würde. Jess' Sohn Doug dagegen war klein und stämmig. Jess sprach nie darüber, aber ich hatte den Verdacht, daß der Junge, den er als seinen Sohn aufzog, von einem anderen Mann gezeugt war. Jessies Herkunft jedoch war über jeden Zweifel erhaben. Sie war die Miniaturausgabe ihres Vaters.

„Hast du irgendeinen netten Klatsch gehört in letzter Zeit?“ wechselte ich das Thema.

„Ja. Ich habe gehört, daß du und deine Freundin hier gestern einem kleinen Mädchen in Pebble Cove das Leben gerettet habt. Sehr nett von euch.“

„Cass war es“, sagte Erica und tätschelte mein Knie. „Sie behält in einem Notfall die Nerven.“

„O ja“, neckte Jess. „Ich habe gesehen, wie sie auf das Sofa gehüpft ist und sich die Seele aus dem Leib geschrieen hat, als eine ihrer Katzen eine Maus ins Wohnzimmer schleppte. Wirklich tapfer, unsere Miss James.“

„Es war eine Ratte!“ sagte ich und stimmte in ihr Lachen ein. Erica drückte zart mein Knie, dann nahm sie ihre Hand weg. Ich fühlte Hitze aufsteigen, die meine Wangen rötete und beunruhigende Signale zu Körperteilen sandte, die ich lange vergessen hatte. Ich wandte mich ab und sah aus dem Fenster.

„Sieht nicht aus, als würde es demnächst aufhören“, sagte ich. „Könntest du uns bei McGregors absetzen? Ich muß telefonieren und einkaufen.“

„Zu Diensten.“ Jess fuhr die paar Straßen zum Supermarkt. Erica bot an, die Einkäufe zu erledigen, während ich im Telefonhäuschen vor dem Laden Sheriff Bookers

Büro anrief. Er war natürlich nicht da, aber ich hinterließ bei seiner Sekretärin, er möge mich so bald wie möglich zurückrufen. Dann rief ich Martha an.

„Mach's kurz, meine Liebe. Ich stecke bis über die Ohren in Papierkram", sagte sie.

„Wie steht es mit der Telefonüberwachung in Trinidads Haus?"

„Fehlanzeige. Grimes, dieses Arschloch, hat Einspruch erhoben. Er beschuldigte mich, seine Ermittlungen zu behindern. Er sagt ferner, er habe landauf, landab nach seiner Hauptverdächtigen, einer gewissen Ms. Trinidad, gesucht. Er glaubt, daß sie ihm aus dem Weg geht." Marthas Lachen klang bitter. „Und dich mag er wohl auch nicht sonderlich", fügte sie hinzu.

„Das bricht mir das Herz. Ich habe ein paar Dinge, die ich mit dir besprechen muß. Könntest du später zu mir kommen?"

„Vor vier Uhr komme ich hier nicht heraus", sagte sie.

„Ich dachte, wir könnten ein feines Abendessen machen. Vielleicht Krabbensalat und Avocados als Vorspeise, dann italienische Pasta, anschließend ein kleines Filet, leicht angebraten..."

„Halt, das genügt! Ich komme! Mein Gott, du kennst den Weg zum Herzen einer Frau. Jetzt knurrt mir der Magen, und ich werde nicht mehr richtig arbeiten können." Ich lachte und überließ Martha ihrem Papierkram.

Als ich aus der Telefonzelle trat, blieb ich einen Moment stehen und sah zum Fenster von Lizzies Bar hinüber. Ich konnte nicht hineinsehen, aber Lizzie von der Bar nach draußen.

Es passierte nicht viel auf der Main Street, wovon Lizzie Thompson nichts wußte. Und so unruhig, wie sie gestern gewesen war, wußte sie etwas, das sie nicht erzählte.

Ich entschied mich kurzerhand für einen Besuch in der Bar, eilte über die Straße und betrat den dunklen rauchigen Raum. Wenn ich mich beeilte, konnte ich bei Erica sein, bevor sie mit Einkaufen fertig war. Um diese Tageszeit waren nur wenige Gäste da, und die waren am Billardtisch beschäftigt.

„So früh schon, Cass?" Lizzie beugte sich über den Tresen. Sie war eine große Frau mit rauhen, schwieligen Händen und dazu passenden Gesichtszügen. Mitte vierzig, mit grauen Strähnen im kurzen lockigen Haar, konnte sie streng aussehen, wenn sie wollte, wenn sie aber lachte, erinnerte mich ihr breites Grinsen an einen großen alten knuddeligen Teddybär.

„Ich bin nicht zum Trinken gekommen, Lizzie", sagte ich und lehnte das Bier ab. „Ich denke, du weißt, warum ich hier bin." Lizzie kniff die Augen zusammen und rieß sie dann unschuldig auf. Ich wartete ab und ließ sie die ganze Mimik durchlaufen, die ihr zur Verfügung stand, um Unwissen und Unschuld auszudrücken; meine Geduld zahlte sich schließlich aus. Ihre Hände fingen wieder an herumzufummeln, und ihre Augen richteten sich auf das Fenster. „Durch dieses Fenster siehst du sicher vieles. Wie in einer Seifenoper. Ich wette, du weißt eine ganze Menge über die Leute in dieser Stadt." Ich war auf keine schnelle Kapitulation gefaßt, aber ihre Schuldgefühle verursachten ihr anscheinend mehr Streß, als sie ertragen konnte.

„Er hatte eine Affäre!" platzte sie heraus. Dann senkte sie die Stimme, warf einen Blick zum Billardtisch und fuhr fort: „Ich bin stolz darauf, Cassidy, daß ich die einzige in dieser ganzen verdammten Stadt bin, die *nicht* den ganzen Tag damit zubringt, über andere Leute zu klatschen. Ich höre zu, wie jede gute Barfrau, ich sehe viel, aber ich halte den Mund. Die Leute wissen, daß sie sich auf mich verlassen können. Sie vertrauen mir ihre Geheimnisse an, sie weinen sich an meiner Schulter aus, sie betrachten mich als Freundin." Ich nickte, wohl wissend, daß sie die Wahrheit sagte. Ich verstand, warum es ihr so schwer fiel, ein Geheimnis auszuplaudern, selbst wenn es sich um Walter Trinidad handelte.

„Ich konnte den Mistkerl auch nie leiden. Und was diese Frau in ihm gesehen hat, weiß ich nicht. Sie ist ein hübsches kleines Ding, und soviel ich gehört habe, war Walter Trinidad nicht ihr erster Seitensprung."

„Wer, Lizzie? Um Gottes willen, vom wem reden wir?" Geduld zählte noch nie zu meinen Tugenden. Ich kann zwar die Geduldige spielen, aber Lizzie strapazierte meine diesbezüglichen Fähigkeiten bis an die Grenze. Sie beugte sich vor und flüsterte den Namen. Ihr Atem roch nach Zigaretten und Pfefferminz, eine interessante Mischung. „Die Frau des Postmeisters?" sagte ich laut. Lizzie bedachte mich mit einem schmerzlichen Blick, und ich senkte die Stimme. „Woher weißt du das?"

„Wie du gesagt hast, Cassie. Ich sah sie mit eigenen Augen, direkt vor diesem Fenster. Er hat sie zweimal vor dem McGregors aus seinem Lincoln steigen lassen. Praktisch vor aller Augen. Als wollte sie es herausfordern, erwischt zu werden."

„Wann war das, Lizzie?" Ich dachte an Betty Beechcomb, eine winzige Frau mit blond gefärbten Haaren, brandroten Fingernägeln, immer auf hohen Stöckelschuhen, und versuchte sie mir neben Walter Trinidad vorzustellen. Wie Barbie mit Godzilla, dachte ich.

„Das erstemal war vor etwa drei Wochen. Und dann noch mal am Dienstag. Am Tag, bevor er, hm, umgelegt wurde. Sie sind vielleicht öfter zusammen gewesen, gesehen habe ich sie nur zweimal."

„Tageszeit?"

„Beim ersten Mal war es gegen neun Uhr abends. Ed spielt mittwochabends Bowling, gegen zehn gehen sie nach Hause. Ich nehme an, sie wollte vor ihm daheim sein. Am Dienstag war es später. Gegen elf. Ich weiß nicht, wo Ed an diesem Abend war, vielleicht zu Hause, im Glauben, sie sei mit Freundinnen unterwegs. Aber in einer so kleinen Stadt ist es nur eine Frage der Zeit, bis Ed davon erfährt. Wenn ich sie zweimal gesehen habe, haben andere sie auch gesehen."

„Glaubst du, daß Ed ihr auf die Schliche gekommen ist, Lizzie? Hat er sich in letzter Zeit irgendwie seltsam verhalten?"

„Ed Beechcomb ist Stammkunde. Er kommt mehrmals die Woche. Ein ruhiger Mann. Was ich einen echten MK nenne."

Ich zog die Augenbrauen in die Höhe, und sie grinste.

„Muschiknecht", sagte sie augenzwinkernd. „Ich glaube, die kleine Betty könnte den armen Ed bei lebendigem Leib verschlingen. Manchmal denke ich, daß er so oft herkommt, weil er ausruhen muß. Wenn er den ganzen Tag auf der Post gearbeitet hat, muß er Kräfte sammeln für das, was ihn zu Hause erwartet." Lizzies Augen wurden heller, seit sie die Geschichte vom Herzen hatte, fühlte sie sich deutlich besser. Dann blickte sie sich in der Bar um, merkte anscheinend, daß sie einer Klatschgeschichte gefährlich nahe gekommen war, und senkte die Stimme. „Ich will nicht, daß ihm etwas passiert. Du weißt, wie schnell sich in dieser Stadt die Gerüchte verbreiten. Gut möglich, daß es für das Zusammensein der beiden eine ganz einfache Erklärung gibt." An ihren Augen konnte ich sehen, daß sie das so wenig glaubte wie ich.

„Ich werde alles für mich behalten, Lizzie", sagte ich.

„Danke. Vielleicht ist nichts dahinter, aber die Sache sollte näher betrachtet werden. Du hast es richtig gemacht."

Sie stieß einen Seufzer aus, ihr Lächeln entblößte ihre leicht vorstehenden Zähne, und ich bemerkte plötzlich mit Schrecken, daß sie mit mir flirtete. Die gute alte Lizzie Thompson, die jeden Mann in der Stadt beim Armdrücken ausstach, hatte ein Auge auf mich geworfen.

Ich grinste zurück, hoffentlich lagen in meinem Lächeln zwar Erkennen und Dankbarkeit, jedoch nicht der leiseste Anflug der Ermutigung. Ich ging hinaus und war mir nicht sicher, ob mir das gelungen war.

Als ich ins McGregor stürmte, stand Erica an der Kasse.

„Ich habe vergessen zu sagen, du sollst Brot mitbringen", keuchte ich. Sie lächelte und hob einen großen Laib Sauerteigbrot hoch.

„Du hast auch vergessen, frischen Parmesan auf die Liste zu setzen. Aber keine Angst." Sie wies auf den Einkaufswagen, der bis zum Rand mit so vielen verschiedenen Köstlichkeiten gefüllt war, daß ich lachen mußte. Da waren Tüten mit Kartoffelchips, eine Schachtel Kuchenmischung, verschiedene Käsesorten, ein Glas Kaviar, mehrere Flaschen Wein aus Oregon, einschließlich eines exzellenten Pinot Gris, der eben erst auf dem Markt gekommen war, und darunter versteckt ein Dutzend andere Leckerbissen.

„Hast du an die Filets gedacht?" fragte ich halb im Scherz.

Sie lächelte, ihre blauen Augen blitzten.

Erica wollte unbedingt selbst bezahlen, und nach ein paar Minuten hörte ich auf, mich darum zu streiten. Plötzlich ertönte hinter uns Lärm, wir drehten uns um und sahen, wie Jess' Sohn Dougie hinter seiner kleinen Schwester her jagte. Dougie war mehr als doppelt so groß wie Jessie, mit kräftigen krummen Beinen und faßartigem Oberkörper. Er hatte den Körper eines Ringers, mit dickem Nacken und breitem Gesicht. Vorn hing ihm das braune Haar in langen Strähnen in die Stirn, der Hinterkopf war glattrasiert. Voller Abscheu beobachtete ich, wie Dougie der kleinen Jess näher kam, die schon fast aus der Tür war. Dougie packte sie an ihrem langen Pferdeschwanz, rieß sie nach hinten und schlug ihr auf den Kopf, daß sie hinfiel und ihre Brille über den Boden rutschte.

„He! Hör auf!" schrie ich, einmal Lehrerin, immer Lehrerin, und rannte auf die beiden zu.

Dougie sah mich wütend an, seine dunklen Augen zusammengekniffen. „Hau ab, Schnüfflerin", sagte er. Erst dachte ich, er meinte mich, aber dann sah ich Jessie wieder auf die Füße kommen, ihre Brille schnappen und aus dem Laden rennen. In ihren großen grünen Augen standen Tränen.

„Was ist los, Dougie. Kannst du dir zum Kämpfen nicht jemand suchen, der gleich groß ist?" Ich ballte die Fäuste und machte einen Schritt auf ihn zu.

Er warf mir einen bösen Blick zu und schlenderte aus der Tür. Ich hatte Dougie nie gemocht, diese kleine Szene bestärkte mich.

Zurück am Hafen gingen wir zu Ericas Wagen, einem knallroten Miata. Erica nahm zwei große Koffer aus dem winzigen Kofferraum. Wir mußten mehrmals hin und her gehen, bis Koffer samt Lebensmitteln im Boot verstaut waren.

„Ich will nicht bei dir einziehen, ehrlich", sagte Erica und reichte mir eine Tasche. „Ich habe es nur satt, aus meinem Übernachtungsbeutel zu leben."

„Du hast nicht erzählt, wohin du fahren wolltest."

„Nach Kanada. Eigentlich sollte ich jetzt durch das schöne Britisch Columbien gondeln und die Sehenswürdigkeiten besuchen."

„Ganz allein?" fragte ich.

„Das ist eine lange Geschichte, aber ja, ganz allein."

8

Die Göttinnen und Götter zeigten sich endlich einmal großmütig, teilten die Wolken und ließen einen dünnen, aber klaren Sonnenstrahl durch, während wir das Boot entluden und die Sachen zum Haus schleppten. Gammon und Panic waren über unsere Rückkehr angemessen begeistert und rieben sich abwechselnd an Erica und mir.

„Wie steht es mit den Heißwasservorräten?" fragte Erica, als sie ihre Sachen über den Flur zum Gästezimmer trug, wo sie einquartiert war.

„Gut, warum?"

„Weil ich mich zwar vorhin geduscht habe, aber jetzt bin ich naß und kalt und könnte sterben für ein heißes Bad."

„Bedien dich", sagte ich. „Oder steig in den Whirlpool hinter dem Haus. Das Wasser ist immer heiß."

Erica strahlte. „Wirklich? Ich glaube, ich bin im Himmel." Sie verschwand in ihr Zimmer, und als sie in einem Frotteekleid, das nur knapp über die Hüften ging, herauskam, blieb mir die Luft weg. Ihre Haut war samtig braun, und die Beine, die irgendwo unter dem Kleid anfingen, waren endlos lang. Das Kleid gestattete einen aufreizenden Blick auf ihr Dekolleté, schon zum zweiten Mal an diesem Tag glotzte ich sie unverhohlen an. „Kommst du mit?" fragte sie und hielt meinem Blick stand.

„Hm, nein. Lieber nicht. Ich muß hier noch aufräumen." Das klang lahm, weil die meisten Sachen bereits weggeräumt waren, aber ich traute dem Flattern in meinem Herzen nicht.

„Na, komm schon", sagte sie. „Du kannst nicht den ganzen Tag in nassen Kleidern herumstehen. Laß es für später, ich helfe dir dann. Komm mit."

Unfähig, etwas Überzeugendes entgegenzusetzen, sagte ich, ich käme in ein paar Minuten nach. Ich hörte sie durch die Terrassentür gehen, starrte ins Abwaschbecken und rang um Fassung. Seit Jahren hatte ich mich für keine Frau mehr interessiert, und selbst wenn, hatte es sich nicht so angefühlt wie jetzt. Mein Herz schlug heftig gegen die Rippen, im gleichen Rhythmus wie das Pochen im Bauch. Das ist doch absurd, dachte ich. Ich benehme mich wie ein liebeskranker Teenager. Außer daß ich in meiner Teenagerzeit nie ein Gefühl gehabt hatte, das diesem im entferntesten glich.

Wider besseres Wissen schälte ich mich aus den nassen Kleidern, wickelte mich in meinen Bademantel, band den Gürtel fest und nahm zwei Heinekens aus dem Kühlschrank. Draußen stiegen bereits Dampfwolken aus dem Pool, der in die Terrasse aus Redwoodholz eingelassen und von roten Zedern und Douglasfichten umstanden war. Es war ein wunderschöner Anblick, gesteigert vom schimmernden Bild einer in Dampf gehüllten Frau. Erica wandte mir den Rücken zu; auf ihren bloßen Schultern tanzten die letzten Sonnenstrahlen. Ich schlüpfte schnell aus meinem Bademantel und glitt in das dampfende Wasser.

„Wunderbar." Sie drehte sich zu mir, die Wangen von der Hitze gerötet. Ich reichte ihr ein Bier, das sie dankbar in großen Schlucken trank.

Ich sah bewußt nicht unter die Wasseroberfläche, weil ich ihr nicht zu nahe treten wollte, war mir aber ihrer Nacktheit und Nähe intensiv bewußt. „Nun, Ms. Trinidad", sagte ich mit ruhiger Stimme, die kein Gefühl verriet, „erzählen Sie mir, wovon Sie leben. Ich merke, daß ich fast nichts über Sie weiß."

Sie lachte. Die Fältchen um ihre Augen und ihre perfekten weißen Zähne waren nicht dazu angetan, mein flatterndes Herz zu beruhigen. „Möchtest du meine ganze Lebensgeschichte hören oder nur die herausragenden Highlights?"

„Ich würde gern die lange Version hören."

Und dann redeten wir.

Erica war fünfunddreißig, fünf Jahre älter als ich. Sie hatte in Berkeley Journalismus studiert und nach dem Abschluß einen Job beim *Rolling Stone* ergattert, ein Wunder auf diesem hartumkämpften Stellenmarkt. Mit fünfundzwanzig hatte sie ihren ersten Roman geschrieben.

„Er war schrecklich", sagte sie. „Voller Bekenntnisse. Bierernst. Gottseidank wurde er nie veröffentlicht."

Aber von da an war sie vom Schreiben infiziert, und in einem raren Moment echter Inspiration, hervorgerufen von zuviel Rotwein, wie sie sagte, beschloß sie, es mit Liebesromanen zu versuchen.

„Ich selber mochte eigentlich keine Liebesromane“, sagte sie. „Aber ich hatte irgendwo gelesen, daß manche damit ungeheuren Erfolg haben, und da dachte ich: Was soll's? Und versuchte es.“

„Und?“

Sie grinste und trank einen kräftigen Schluck Bier. „Und es stellte sich heraus, daß ich verdammt gut schreibe.“

Dann verriet sie mir ihr Pseudonym, und ich verschluckte mich beinahe an meinem Bier. „Du bist Sheila Gay?“ fragte ich ungläubig.

„Ein schlauer Name, findest du nicht?“

„Ich kann es nicht glauben! Wie viele Bücher hast du geschrieben?“ Ich war platt. Obwohl ich wenig Liebesromane las, war mir Sheila Gay gut bekannt.

„Dreiundzwanzig, mit dem Roman, den ich eben fertiggestellt habe. Ich könnte mir noch mehr abringen, aber ab und zu gönne ich mir eine Pause. Im Durchschnitt sind es zwei pro Jahr.“

Kein Wunder, daß Geld für sie keine Rolle spielte.

„Und du hast die ganze Zeit allein gelebt?“ fragte ich.

„Himmel, nein“, sagte sie, ihre tiefe sinnliche Stimme war voller Lachen. „Ich erspare dir die Details meiner Heldentaten. Nur eins: Für eine junge lesbische Journalistin beim *Rolling Stone* in San Francisco sind die Gelegenheiten nicht eben knapp.“

„Das kann ich mir vorstellen.“

„Aber das wurde langweilig. Vor sechs Jahren gab ich

das Zigeunerleben auf. Ich fand die Frau meiner Träume. Die einzig Wahre, verstehst du?“

Ich sagte, ich verstünde. „Und wo befindet sich diese glückliche Dame?“ fragte ich und wußte in dem Moment, daß es die falsche Frage war.

„Sie ist letztes Jahr gestorben.“

Zum erstenmal war ich auf der Frageseite, und plötzlich verstand ich, wie unbehaglich sich die Leute gefühlt haben mußten, wenn sie sich nach Diane erkundigten. Ich sagte, wie leid es mir täte, und sie wechselte schnell das Thema.

„So und nun bist du dran“, sagte sie. „Und überspring nichts.“

Ich erzählte ihr von meiner Kindheit, meiner Liebe zu Pferden, wie ich besser Baseball spielte als die Jungen in der Nachbarschaft und wie mich die Ungerechtigkeit, daß ich in der Highschool nicht Football spielen durfte, wütend gemacht hatte. Ich gab zu, daß mir der Gedanke, lesbisch zu sein, nie gekommen war. „Ich wußte nicht einmal, daß es so etwas gab. Ich war so beschäftigt zu beweisen, daß ich alles besser konnte als die anderen, und hatte einfach keine Zeit, mir Gedanken darüber zu machen, daß mich Jungen nie so interessierten wie meine Freundinnen.“

„Wann hast du es gemerkt?“ fragte sie ernst.

„Ich glaube, es war am ersten Tag nach den Semesterferien. Ob du es glaubst oder nicht, ich wurde zur Schulkönigin gewählt und so mußte ich natürlich mit Mike Singer, dem großen Held und Schulkönig, auf den Ball gehen. Ich hätte mich geschmeichelt fühlen sollen oder so, aber ich mußte nur daran denken, wie lächerlich ich mich in diesem langen grünen Kleid und den Stöckelschuhen fühlte. Während wir tanzten und alle um uns herumstanden, als wären wir wirklich ein Königspaar, ging mir durch den Kopf, daß ich viel lieber mit meiner besten Freundin P. J. getanzt hätte, die dabeistand und uns zusah. Unglücklicherweise sehnte sie sich danach, an meiner Stelle zu sein und mit dem Schulkönig zu tanzen."

„Hast du je deinen Gefühlen Taten folgen lassen?"

„Nicht mit P. J. Ich habe mir diesen Gedanken strikt verboten. Erst auf dem College, als ich Martha kennenlernte, tat sich mir eine neue Welt auf. Nachdem ich zuerst überhaupt nicht wußte, daß Lesben existieren, sah ich sie plötzlich überall."

„Martha und du, wart ihr ein Paar?"

„Nur kurz. Wir hatten eine gute Zeit miteinander, merkten dann aber, daß wir eher Freundinnen waren als Geliebte."

Dann erzählte ich Erica von der langen Freundschaft mit Martha, meiner Arbeit als Lehrerin und schließlich von Diane. Irgendwann streifte mein Zeh den ihren, und wir rückten nicht auseinander. Die Hitze des Bades hatte uns erschöpft, und unsere Bierflaschen waren schon lange leer. Aber wir konnten uns nicht voneinander losreißen und blieben.

Als sie aufstand und die Hände nach mir ausstreckte, glitt ich ganz selbstverständlich in ihre Umarmung. Es war das Natürlichste von der Welt. Ihre Lippen waren unglaublich weich, ihre Brüste an die meinen gepreßt, schwangen wir hin und her, verbunden in einem zarten und leidenschaftlichen Tanz. Erst ein neuer Regenschauer verwies uns aus dem heißen Pool in mein Schlafzimmer.

9

Manchmal lächeln einem die Götter zu, aber dann wird doch nur ein Grinsen daraus. Kaum hatte ich Erica zu meinem Bett geführt, als die rauhe Stimme von Sheriff Booker durch das Fenster dröhnte.

„Cassidy? Sind Sie da?“ Er hatte anscheinend schon länger geklopft, aber durch das Blubbern im Whirlpool hatte wir nichts gehört. Erica und ich rannten aus dem Zimmer und zogen uns blitzschnell an. Als ich zur Haustür kam, waren Sheriff Booker und der charmante Sergeant Grimes bereits eingetreten.

„Da sind Sie ja“, sagte der Sheriff. „Ich dachte schon, es wäre etwas passiert. Entschuldigen Sie den Überfall.“

„Schon gut“, log ich. „Wir waren hinter dem Haus und haben Sie nicht gehört. Ich nehme an, Sie haben meine Nachricht bekommen.“

„Nein, habe ich nicht. Sergeant Grimes hat Ms. Trinidad gesucht, und ich bot ihm meine Begleitung an. Sie ist doch noch hier, nicht wahr?“

Erica kam und begrüßte die beiden Männer.

„Miss Trinidad, Sie müssen mit mir kommen.“ Sergeant Grimes trat auf sie zu.

„Warum?“ fragte ich. „Wozu?“

„Treten Sie einfach zur Seite und machen Sie keine Schwierigkeiten, dann geht alles gut“, sagte er zu mir.

„Bin ich verhaftet?“ fragte Erica ungläubig.

„Wenn ich Ihnen Handschellen anlegen muß, dann mache ich es. Wenn Sie freiwillig auf die Wache kommen, ist mir das auch recht. Ich nehme Sie jedenfalls mit zum Verhör."

Da mischte sich Sheriff Booker ein: „Wirklich, Hank, ich sehe keinen Grund, der Dame Handschellen anzulegen. Sie leistet doch keinen Widerstand. Stimmt's, Ms. Trinidad?"

Erica stand da und sah mit brennendem Blick von Booker zu Grimes und wieder zurück.

„Das wird sich schon regeln, Erica", sagte ich. „Ich werde Martha anrufen und ihr sagen, wo du gelandet bist. Wenn es Probleme gibt, wenn jemand dich auch nur mit einem Finger berührt, bricht ein Sturm los." Das sagte ich, von Wut überwältigt, Grimes direkt ins Gesicht.

„Sergeant Grimes möchte sie nur vernehmen, Cass. Ich bin sicher, Ms. Trinidad wird in kürzester Zeit wieder zurück sein, heil und ganz. Manchmal werden diese Dinge besser in der Stadt erledigt, das ist alles."

Ich trat zur Seite und sah hilflos zu, wie der dicke Sergeant Erica zum Anleger begleitete, wo sein Mietboot hinter dem des Sheriffs vertäut war. Er ließ sie vorgehen und hatte Mühe, ihr zu folgen. Als sie abfuhren, wandte ich mich vorwurfsvoll an den Sheriff.

„Haben Sie ihm von dem Feuer berichtet? Und von dem Boot?" fragte ich empört.

„Cass, das beweist nichts, und das wissen auch Sie. Ich glaube nicht im entferntesten, daß Ihre Freundin ihren Onkel umgebracht hat. Aber es ist Grimes' Fall, nicht meiner. Und Ihrer erst recht nicht. Es hat sich herausgestellt, daß Ms. Trinidad bereits einmal des Mordes angeklagt war, deswegen ist es völlig berechtigt, sie eingehender zu verhören. Ich hoffe, sie willigt in den Lügendetektor ein, dann hat die Sache schnell ein Ende. Ich persönlich sähe es gern, wenn er mehr Zeit auf andere Spuren verwenden würde."

Ich hörte zwar seine Worte, aber mein Kopf war plötzlich benommen. Bereits einmal des Mordes angeklagt? Diese Frau hatte mir eben eine Stunde lang ihre Lebensgeschichte erzählt und diese Sache mit keinem Wort erwähnt! Ich fing an mich zu fragen, ob meine Wut auf Grimes gerechtfertigt war.

Sheriff Booker begleitete mich zum Haus zurück und redete die ganze Zeit, aber mein Hirn weigerte sich, etwas zu verstehen. Hin und wieder schnappte ich etwas auf, über Fußspuren und seine Theorie über das vermißte Schild. Schließlich blieb er stehen und sah mich an.

„Hören Sie überhaupt, was ich sage? Sie sehen müde aus." Er schob mich zum Sofa, ging an meinen Kühlschrank und kam mit zwei Flaschen Bier zurück. Er öffnete beide und reichte mir eine. „Offiziell habe ich heute frei, da schadet ein Bier nicht, oder?" Er ließ sich auf dem Sofa gegenüber nieder und trank. „Woran denken Sie, Cass?"

„Ich habe heute einige Dinge erfahren, die ich Ihnen mitteilen möchte", sagte ich. „Ich erzähle sie Ihnen auf alle Fälle, aber ich wäre dankbar, wenn Sie mir sagen würden, was über Erica und den früheren Mordverdacht bekannt ist." Ich hatte das so ruhig wie möglich gesagt, aber in meinem Inneren herrschte Aufruhr.

„Cass, ich schwöre, ich weiß nicht mehr als Sie. Grimes kam in die Stadt gestürzt und rannte mir beinahe die Tür ein. Der Mann ist nicht unbedingt mein Liebling, aber er ist Polizeibeamter und wird so etwas nicht einfach erfinden. Vergessen Sie bitte nicht, Mordverdacht heißt nicht automatisch schuldig gesprochen. Ich hoffe, Sie haben nicht diesen voreiligen Schluß gezogen.“

„Ich nicht, Grimes offensichtlich schon.“ Ich trank einen kleinen Schluck Bier und entschuldigte mich kurz, um Martha anzurufen. O Wunder, sie war noch im Büro, und ich berichtete ihr von Ericas mißlicher Lage. Martha sagte, sie würde sich darum kümmern, und ich sollte mir keine Sorgen machen. Ihrer Stimme konnte ich aber entnehmen, daß sie nicht so ruhig war, wie ihre Worte klangen.

Ich ging wieder ins Wohnzimmer und beruhigte mich so weit, daß ich Booker erzählen konnte, was ich heute morgen erfahren hatte. Ich erzählte ihm von Tommy Green, der zugab, in der Brandnacht auf dem See gewesen zu sein, und über den Fall von Vandalismus in der Schule. Ich zeigte ihm das grüne Stückchen Stoff und die Zigarettenstummel und sagte, wenn auch höchst ungern, daß Tommy zufällig die gleiche Marke rauchte. Ich erzählte ihm von den Fröschen und dem fehlenden Formaldehyd. Als ich erwähnte, wofür Formaldehyd gebraucht wurde, kniff er die Augen zusammen, sagte aber kein Wort. Ich erzählte ihm von Mollys Behauptung, daß ihre Schwester Mary von einem Jungen namens Alan Pinkerton mehrmals telefonisch belästigt worden war, und erinnerte ihn an die seltsamen Anrufe bei Erica. Schließlich erzählte ich ihm, daß Walter Trinidad vielleicht eine Affäre mit Betty Beechcomb, der Frau des Postmeisters hatte, und entschuldigte mich innerlich bei Lizzie. Als ich fertig war, lehnte er sich zurück und trank schweigend sein Bier aus.

„Sie glauben also wirklich, Trinidads intimes Teil

schwimmt irgendwo in einem Glas mit Formaldehyd." Das war eine Feststellung, keine Frage. „Eigenartig", sagte er. „Als Mrs. Henderson mir von dem gestohlenen Schild erzählte, war mein erster Gedanke, die Brandstifter haben es als Souvenir mitgenommen. Es gibt eine Menge seltsamer Leute auf der Welt, Cass. Logischerweise landen auch ein paar in Cedar Hills. Und nun sagen Sie, wer auch immer Trinidads Penis abgeschnitten hat, wollte ihn aufbewahren. Wie ein Souvenir. Ich kann mir einfach nicht vorstellen, daß in Cedar Hills gleichzeitig zwei souvenirsammelnde Irre herumlaufen, die nichts miteinander zu tun haben. Da gibt es sicher eine Verbindung. Aber wie, verdammt noch mal?"

„Wie sähe die Sache aus, wenn zwei Irre zusammenarbeiten?" fragte ich. „Oder mehr als zwei?"

Er zupfte an seinem Schnurrbart. „Darf ich mir noch ein Heinekens holen? Das Zeug hat die Tendenz, mich durstig zu machen."

Als er wiederkam, stellte er sich ans Fenster und blickte auf den See hinaus.

„Ich hatte in meinem Leben bisher nur einen Fall, in dem jemand sozusagen zu hundert Prozent schlecht war. Das war damals in Portland, als ich diesen Kerl mitten in der Nacht beim Einbruch in ein Haus erwischte. Reiner Glücksfall. Eigentlich suchte ich einen ruhigen Platz zum Essen, bog in die stille Wohnstraße ein, und da sah ich sein Hinterteil in einem Fenster im ersten Stock verschwinden. Dann stellte sich heraus, daß der Kerl gesucht wurde. Etwa zwanzig Vergewaltigungen wurden ihm zur Last gelegt, und ich hatte die nächste vereitelt. Einige seiner Opfer hatten den Mut gehabt, sich zu wehren, und die hatte er schrecklich zugerichtet. Kein netter Kerl. Worauf ich hinauswill: Obwohl ein Einzelgänger, scharte er im Gefängnis eine kleine Gefolgschaft um sich. Ich glaube, das beunruhigte mich mehr als die Verbrechen selbst. Die Tatsache, daß andere Häftlinge zu diesem Kerl aufblickten, seinen Gang und seine Art zu sprechen nachahmten: Das hat mich wirklich verblüfft und tut es noch immer. Was ich meine: Ich glaube, es ist nicht völlig außerhalb aller denkbaren Möglichkeiten, daß diese Verbrechen von mehr als einer Person verübt wurden. Angenommen, es gibt hier ein paar faule Äpfel, sie würden sich sicher finden und verbünden." Er rieb sich die Schläfen. „Das sind alles ziemlich wilde Spekulationen, verstehen Sie? Außer einem kleinen grünen Stofffetzen und ein paar Zigarettenstummeln haben wir nichts in der Hand."

„Was ist mit Mrs. Beechcomb?" fragte ich. „Wie paßt die ins Bild?"

Er strich sich den silbernen Schnäuzer und betrachtete mich mit gerunzelten Brauen. „Vielleicht überhaupt nicht, Cass. Oder sie hat jemand beauftragt, Trinidad um die Ecke zu bringen. Oder sie selbst hat es getan. Verdammt, manchmal weiß ich nicht mehr, an welchem Fall ich überhaupt arbeite. Eins ist sicher. Ich werde mit meinem Freund Tommy reden müssen. Und so ungern ich es auch tue, ich werde bei Mrs. Beechcomb vorbeischauen müssen. Aber ich glaube, ich unterhalte mich zuerst mit dem kleinen Pinkerton. So lange Grimes damit beschäftigt ist, den falschen Baum anzubellen, kann ich wohl ein paar andere Wege verfolgen. Ich wüßte gern, wer in der Stadt eine grüne Jacke trägt, die ein kleines Loch hat."

„Und wenn man aus dem Speichel an den Kippen die Blutgruppe bestimmte?" fragte ich.

„Im Moment, Cass, sagen uns die Kippen gar nichts.

Wahrscheinlich ist sowieso kein Speichel mehr dran. Ich glaube, Sie haben recht: Die Einbrecher haben die Kippen hinterlassen. Vielleicht brauchten sie das Formaldehyd wirklich für den genannten Zweck. Aber wenn wir das nicht beweisen können, haben wir nichts. Ich kann das Gerichtslabor wirklich nicht bitten, wegen eines Falls von Vandalismus einen teuren DNA-Test durchzuführen. Wir müssen warten, bis wir mehr Beweise haben."

Da ertönte sein Piepser, und er bat mich, das Telefon benutzen zu dürfen. Als er zurückkam, machte er ein besorgtes Gesicht.

„Der kleine Pinkerton muß wohl warten", sagte er. „Bei Willow Cove hat es einen Unfall gegeben. Ein Wasserskifahrer ist von seinem eigenen Boot überfahren worden. Ist das zu glauben? Immer wenn es dick kommt, dann aber richtig."

Ich begleitete den Sheriff zu seinem Boot.

„Hören Sie, Tom. Ich denke, ich werde selbst mit dem jungen Pinkerton sprechen. Nur um ein Gefühl für ihn zu kriegen. Vielleicht ist er mir gegenüber unbefangener, Sie sind schließlich der Sheriff... Was halten Sie davon?"

Er ließ den Motor warmlaufen und überlegte. Es ging auch ohne seine Erlaubnis, und das wußte er, aber es wäre nett zu wissen, daß wir uns nicht ins Gehege kommen würden.

Schließlich nickte er zustimmend. „Aber lassen Sie sich nicht in die Karten gucken, Cass. Lassen Sie ihn im Glauben, Sie wären den anonymen Anrufern auf der Spur. Stellen Sie fest, was er in der Brandnacht getan hat. Fragen Sie ganz beiläufig, als würden Sie von allen möglichen Leuten Informationen sammeln. Lassen Sie ihn wissen, daß Sie auch an dem Fall Trinidad arbeiten, aber nur in einem Nebensatz. Seine Reaktion könnte interessant sein. Später vergleichen wir unsere Ergebnisse."

Ich sah zu, wie das Polizeiboot startete und dann mit rot-weiß blinkenden Lichtern über den See raste. Der Himmel hatte aufgeklart, und der Nachmittag wurde richtig schön, aber in meinem Kopf herrschte große Verwirrung. In meinem Inneren hatten sich Gefühle aufgetan, die ich jahrelang, vielleicht nie zuvor gefühlt hatte. Es war, als öffnete sich eine fest geschlossene Faust. So lange hatte ich mir kein leidenschaftliches Gefühl mehr gestattet, nicht den leisesten Anflug. Jetzt brannte ich vor Begierde. Und in dem Moment, als ich mich der Leidenschaft hingeben wollte, mußte ich feststellen, daß das Objekt meiner Begierde mich nicht nur angelogen hatte, sondern darüber hinaus auch noch in einen Mordfall verwickelt war. Ich wußte nicht, was ich denken sollte, und zog es vor, überhaupt nichts zu denken.

Um Erica aus dem Kopf zu kriegen, mußte ich mich beschäftigen. Deswegen sprang ich in mein Boot und fuhr zum Hafen von Cedar Hills.

10

Laut Telefonbuch wohnten die Pinkertons am Medley Drive, ein paar Häuserblocks vom Zentrum entfernt. Die Straße war mir von meinem täglichen Gang durch Cedar Hills bekannt, und so fand ich das Haus innerhalb weniger Minuten. Ich hatte mich gegen eine telefonische Anmeldung entschieden, weil mir der Überraschungseffekt wichtiger war als die Möglichkeit eines vergeblichen Besuchs, falls niemand daheim war. Ich hatte Glück. Auf mein Klopfen öffnete eine Frau mittleren Alters in einer gelb-orange gemusterten Kittelschürze. Ihre fleischigen Wangen waren vor Hitze gerötet, und aus der Küche roch es nach Schokoladenkuchen.

„Mrs. Pinkerton?“ fragte ich.

„Ja?“ Sie machte die Tür weit auf und fächelte sich Luft zu. Sie verströmte einen Geruch nach altem Schweiß, der den Kuchenduft fast überlagerte.

„Ich bin Cassidy James, Privatdetektivin. Könnte ich Ihren Sohn Alan sprechen?“ Ich reichte ihr eine Visitenkarte, die sie mit zusammengekniffenen Augen studierte.

„Ist er in Schwierigkeiten?“ fragte sie. Ihr Blick zurück ins Haus bewies, daß der Junge daheim war.

„Nein, nein. Wirklich nicht. Ich befasse mich zur Zeit mit verschiedenen Fällen hier in der Gegend und versuche, von den verschiedensten Leuten soviel Information wie möglich zu bekommen. Ihr Sohn ist mit einem Mädchen befreundet, das in einen der Fälle verwickelt ist, deswegen steht er auf meiner Liste.“ Ich sah ihrem Gesicht an, daß sie versuchte, die Information zu begreifen. Eigentlich war sie eine hübsche Frau, aber ihre Augen hatten den vagen wässrigen Blick eines Menschen, dessen IQ nicht eben hoch ist.

Sie trat von der Tür zurück und brüllte: „Alan, für dich!“ Dann zu mir: „Er kommt gleich.“ Damit hatte sie ihre mütterliche Pflicht erfüllt, ging wieder in die Küche und ließ mich in der Tür stehen. Ich nutzte die Gelegenheit und machte mich auf den Weg ins Wohnzimmer, das mit Möbeln vollgestopft war, einem plärrenden Fernseher und mehr Krempel, als ich je in einem Raum gesehen hatte. Cola-Dosen, offene Chips-Tüten und Schokoladenpapier bedeckten jede freie Fläche, und in der Ecke lag eine fette Bulldogge, die meine Anwesenheit ignorierte. Plötzlich stand Alan Pinkerton hinter mir, und ich schreckte zusammen.

„Was?“ sagte er zur Begrüßung.

Mein erster Gedanke war: Was für ein Riesenkerl! Nicht schwer wie seine Mutter, obwohl ich mir vorstellen konnte, daß er eines Tages einen Bauch haben würde. Der Junge bestand zur einen Hälfte aus Hormonen, zur anderen aus Steroiden. Er trug verwaschene blaue Jeans und kein Hemd, seine Hand steckte im Hosenbund, die Hose trug er so tief auf den Hüften, daß die dunkle Haarlinie, die zu seinen Genitalien führte, eben sichtbar war.

Jess hatte gesagt, er sei ein gutaussehender Junge, und oberflächlich betrachtet war er das auch. Braungebrannt, blond und muskulös war er der Typ, den Mädchen attraktiv finden. Aber seine verblüffend hellblauen Augen lagen zu eng beisammen und waren zu klein. Seine Lippen waren für einen Jungen auffallend sinnlich, aber er hatte einen gemeinen Zug um den Mund. Er sah mich auf eine abschätzende Art an, die mir sofort unangenehm war.

„Du mußt Alan sein“, sagte ich und grub in meiner Tasche nach einer Visitenkarte. „Ich bin Cassidy James, Privatdetektivin. Ich möchte dir ein paar Fragen stellen. Wo können wir uns unterhalten?“

„Egal“, sagte er nonchalant. „Kommen Sie.“ Er drehte sich um und ging einen dunklen Flur entlang zu seinem Schlafzimmer. Hanteln lagen auf der Türschwelle, wir stiegen über sie hinweg und betraten einen schwach beleuchteten Raum. Die Jalousien waren heruntergezogen und die Wände mit Heavy Metal-Postern bedeckt. Kein freundliches Zimmer, aber auch kein Hinweis auf in Gläsern schwimmende abgeschnittene Penisse.

Alan plumpste auf sein Bett und zog die Knie ans Kinn. Er wirkte unglaublich ruhig, in Anbetracht der Umstände.

„Ich möchte dich sprechen, Alan, weil ich denke, du kannst mir vielleicht weiterhelfen. Gestern nacht hat es in Pebble Cove ein Feuer gegeben, ein Haus ist niedergebrannt. Weißt du etwas darüber?"

„Nein. Warum sollte ich?"

„Nun, man weiß ja, wie schnell sich in Cedar Hills Neuigkeiten verbreiten. Ich dachte, du hast vielleicht davon gehört."

„Ja, und?"

„Heißt das ja, ich habe davon gehört? Oder ja, fahren Sie fort."

„Ich habe davon gehört."

„Gut. Du weißt also, daß das Haus der Hendersons niederbrannte. Was empfindest du dabei?"

Er starrte mich an, eine halbe Ewigkeit.

Ich versuchte es noch einmal: „Du kennst jemand aus der Familie, deswegen dachte ich, du wärst besorgt."

„Nein", sagte er. „Ist mir völlig egal." Reizender Junge. Ich ließ nicht locker.

„Nun, vielleicht habe ich die Geschichte nicht richtig verstanden. Ich habe gehört, daß du mit Mary befreundet bist. Stimmt das?"

„Ich weiß nicht, was Sie das angeht", sagte er. Aha. Er konnte also in ganzen Sätzen sprechen. Vielleicht kam doch noch etwas heraus.

„Nun, es geht mich an, Alan, weil die Hendersons

Drohanrufe bekommen haben, dann brannte ihr Haus ab, und die Polizei, die auch zwei und zwei zusammenzählen kann, sieht da eine mögliche Verbindung."

„Warum sind dann Sie hier und nicht die Polizei?" fragte er. Anscheinend nicht so schwer von Begriff wie seine Mutter.

Ich ignorierte seine Frage. „Wie oft hast du denn angerufen, bevor das Haus brannte?"

„Ich habe nichts damit zu tun, niemand kann das behaupten. Ich habe auch nie jemanden bedroht. Und wenn ich sie angerufen habe? Ist doch kein Verbrechen, oder?" Sein Ton war herausfordernd, als wollte er mich dazu bringen, seine Handlungsweise zu kritisieren.

„Nun, du warst verärgert, weil Mary nicht mehr mit dir ausgehen wollte. Stimmt das?"

„Diese Nutte?" sagte er und wurde lauter. „Überhaupt nicht. Dummes kalifornisches Luder. Ich bin einmal mit ihr ausgegangen. Reine Zeitverschwendung. Miststück."

Nutte? Luder? Miststück? Der Junge war wirklich sauer.

„Ich dachte, *sie* wäre es gewesen, die nicht mit *dir* ausgehen wollte, Alan. Deswegen bist du wütend auf sie."

„Oh, ja, richtig. Ist mir doch egal. Ich habe sie noch einmal angerufen, um ihr zu sagen, sie soll aufhören, Lügen über mich zu verbreiten. Ich mochte ihre hochnäsige Art nicht, und das sagte ich ihr auch." Er begann betont gelangweilt den ungewöhnlich langen Nagel an seinem kleinen Finger zu reinigen.

„Wie oft hast du sie also angerufen?"

Er zuckte mit den Schultern und spielte mit dem Haar unter seinem Nabel.

„Nur aus Neugier, Alan. Wo warst du gestern abend? So gegen zehn?"

Er schnaubte verächtlich, als wäre das die lächerlichste Frage, die er sich vorstellen konnte. „Bei Freunden. Das können Sie nachprüfen. Wir waren bei Dougie Martin. Seine Eltern waren auch zu Hause. Wollen Sie sonst noch was wissen?"

Das warf ein völlig neues Licht auf die Angelegenheit. Wenn Jess Alan Pinkertons Anwesenheit bestätigen konnte, dann war ich es, die den falschen Baum anbellte.

„Nur noch ein paar Fragen", sagte ich. „Hast du zufällig den Mann gekannt, der vor ein paar Tagen ermordet wurde? Walter Trinidad?" Der Junge blickte mich direkt an und sah dann schnell wieder weg. Eine interessante Reaktion.

„Ich kannte ihn nicht."

„Rauchst du?" fragte ich.

„Manchmal, warum?"

„Welche Marke?"

„Warum?" wiederholte er.

„Ich will nur verstehen, Alan. Welche Marke?"

„Haben Sie eigentlich eine Vollmacht, oder so? Ich glaube nicht, daß ich diese Fragen beantworten muß. Ich glaube nicht, daß es Sie etwas angeht, ob ich rauche oder nicht. Ich finde, Sie sollten überhaupt nicht hier sein. Ich glaube, Sie gehen besser."

„Danke, Alan. Das war ein nettes Gespräch. Wenn dir etwas einfällt, das die Ermittlungen erleichtert, ruf mich an. Ich bin für deine Hilfe sehr dankbar."

So wie er mich ansah, schloß ich, daß ich ihn verwirrt hatte. Da versuchte er den harten Kerl zu spielen, und ich bedankte mich bei ihm. Er stemmte sich vom Bett hoch.

„Bleib nur sitzen, Alan, ich finde allein hinaus. Und noch mal, danke für alles."

Mrs. Pinkerton hatte sich in einen Sessel plaziert, einen Teller mit Kuchen vor sich, und war so ins Fernsehen vertieft, daß sie mich nicht gehen hörte. Draußen in der frischen Luft atmete ich tief durch, froh, daß ich das dunkle, überheizte Haus hinter mir hatte. Alan Pinkerton mochte weder mit dem Mord an Walter Trinidad noch mit dem Feuer bei den Hendersons etwas zu tun haben, aber er wirkte irgendwie schuldbewußt. Ich konnte kaum erwarten zu erfahren, wie Sheriff Booker ihn einschätzte. Mein Bauch schrie: Faul, faul, faul! Andererseits soll man sich nicht immer auf den ersten Eindruck verlassen, wie der alte Jake zu sagen pflegte.

11

Das Haus des Postmeisters stand auf einem Felsen hoch über dem See, nicht weit vom Haus der Pinkertons, und da ich ganz in der Nähe war, wollte ich schnell einen Besuch machen. Ich hoffte, Ed würde seinen freien Samstag draußen auf dem See verbringen und nicht vor dem Fernseher. Ich wollte Gelegenheit haben, mit Betty Beechcomb allein zu sprechen. Zu meiner Erleichterung stand sein Wagen nicht in der Einfahrt.

Sie begrüßte mich an der Tür und trug ein glänzendes hauchdünnes Oberteil mit Spaghettiträgern, knallrosa Leggins und ihre unvermeidlichen Pumps. In jedem Fall ein seltsamer Aufzug, allein zu Hause erst recht. Ob sie Besuch erwartete? Ich stellte mich vor, und sie winkte mich freundlich herein, wobei sie auf dem Weg ins Wohnzimmer ein halbvolles Glas mit einem Getränk, das wie Gin oder Wodka aussah, von einem Tischchen nahm. Donna Summer dröhnte aus zwei großen Lautsprechern, und sie tänzelte zur Stereoanlage, um sie leiser zu stellen. Aus dem zerdrückten Flor des frisch gesaugten Teppichs schloß ich, daß sie getanzt hatte, als ich kam.

„Mrs. Beechcomb“, fing ich an, „ich arbeite an einem Fall, der mit dem Mord an Walter Trinidad zu tun hat, und soviel ich weiß, waren Sie – befreundet.“ Kein langes Drumrumreden, dachte ich.

Den Bruchteil einer Sekunde riß sie ihre stark geschminkten Augen auf, dann warf sie den Kopf zurück und lachte. Ihr blondiertes Haar war zu einem Pferdeschwanz gebunden, der auf ihrem Schädel auf und ab hüpfte. Als sie fertig war mit Lachen, trank sie einen großen Schluck von ihrem Drink und klimperte mit den Eiswürfeln. „In einer kleinen Stadt wie dieser mußte es wohl früher oder später herauskommen“, sagte sie, ihre rot lackierten Fingernägel musternd.

„Entschuldigen Sie“, sagte ich, „aber das scheint Sie nicht besonders aufzuregen.“

„Oh?“ Sie taxierte mich kühl. „Haben Sie Walter gut gekannt?“

„Nein“, gab ich zu, wobei ich mich fragte, wie sie es fertiggebracht hatte, die Sache herumzudrehen.

„Nun, ich schon. Er war ein ermüdender Langweiler. Und ein miserabler Liebhaber, möchte ich hinzufügen. Er hatte den winzigsten Schwanz, den ich je gesehen habe. Nicht daß ein Schwanz alles wäre. Aber er sollte zumindest vorhanden sein, nicht wahr?“

Nicht unbedingt, dachte ich sarkastisch. Aber das war

nicht der Moment, um über das männliche Anhängsel zu philosophieren. „Warum sind Sie dann mit ihm ausgegangen, wenn ich fragen darf?"

„Weil mir langweilig war! L-A-N-G-W-E-I-L-I-G, langweilig! Gott, was für eine winzige, altmodische Stadt das ist. Ist Ihnen nie langweilig, meine Liebe? Na, wohl nicht." Sie musterte mich verächtlich.

„Können Sie mir sagen, wo Sie am Mittwochabend waren?" fragte ich und beobachtete sie scharf.

„Ich war aus. A-U-S. Nicht in der Stadt. Mittwoch ist Eds Bowlingabend. Ich gebe vor, ihm diese Abende zu mißgönnen. Dabei lebe ich praktisch für die Mittwochabende."

Ich machte mir langsam Sorgen, daß sie jedes Wort buchstabieren würde, denn dann wäre ich bei Eds Rückkehr immer noch da. Diese Art Unterhaltung wollte ich lieber nicht in seiner Gegenwart führen. „Können Sie mir sagen, wo Sie waren? Und mit wem?"

„Lieber nicht." Sie angelte einen Eiswürfel aus ihrem Glas und lutschte ihn geräuschvoll. „Oh, schon gut." Sie seufzte und ließ den Eiswürfel zurück ins Glas fallen. „Was wird es schon ausmachen? Ich war mit einem Jungen weg. Einem einheimischen Jungen. Vielleicht kennen Sie ihn. Ein junger Hengst, wenn Sie wissen, was ich meine. Tommy Green heißt er." Mir muß wohl das Kinn heruntergefallen sein, denn sie bedachte mich wieder mit ihrem Lachen. „Sie kennen also Tommy. Sind Sie auch mit ihm ausgegangen?"

„Uh, nein", stotterte ich. Ich fühlte, wie meine Wangen bei diesem Gedanken auf peinliche Weise heiß wurden. „Wo waren Sie?" fragte ich und versuchte die Kontrolle über das Gespräch wiederzugewinnen.

„Oh, wir sind mit seinem süßen kleinen Rennboot rausgefahren. Tommy hat wunderbaren Hasch. Wir haben ein wenig geraucht, etwas Gin getrunken, Sie verstehen."

„Wann sind Sie zurückgekommen?"

„Vor elf Uhr. Ed kommt um diese Zeit heim, und ich wollte vorher im Bett sein."

„Wußte Tommy, daß Sie auch mit Trinidad ausgehen?" fragte ich. Sie kniff die Augen zusammen und stand auf, um sich noch einen Drink einzuschenken. Ich folgte ihr in die Küche und konnte gar nicht anders, als das große Fleischermesser zu bemerken, das im Holzblock auf der Anrichte steckte.

„Ich dachte, niemand weiß von Walter. Das ist mit Sicherheit nichts, worüber ich mit einem anderen Mann sprechen würde. Ehrlich gesagt, ich frage mich, wie Sie es herausgefunden haben."

Aber ich hatte es nun mal herausgefunden. Und Tommy vielleicht auch. Und Tommy gefiel es vielleicht nicht, wenn ein anderer mit seiner Frau herummachte. Ich sah das schaurige Bild vor mir, wie Tommy an Trinidad säbelte, und schüttelte es ab. „Und Freitagnacht? Waren Sie da auch bei Tommy?"

„Meine Güte, Sie sind aber genau. Stimmt, Sie sagen es. Ed hatte ein Treffen im Elks Lodge, und in diesem gräßlichen kleinen Lokal wird es immer spät. Ich hatte also Zeit bis Mitternacht und genoß es weidlich."

„Was haben Sie von dem Feuer gesehen? Das war doch sicher eine Überraschung." Sie tappte in die Falle.

„Na, das war was!" sagte sie, und ihre dunklen Augen wurden groß. „Tommy wollte natürlich sofort rüberfahren und helfen, aber ich konnte ihn überzeugen, daß wir nicht gut zu zweit an der Anlegestelle auftauchen konnten. Außerdem waren wir wirklich high und keine Hilfe für niemand. Aber ich glaube, er war deswegen etwas verärgert.“ Tommy hatte in dieser Sache also gelogen. Ich fragte mich, wo er sonst noch gelogen hatte.

„Rauchen Sie, Mrs. Beechcomb?“

„Meinen Sie Zigaretten? Nur hin und wieder. Immer wenn ich mit einem Raucher zusammen bin. Ich selber kaufe mir nie Zigaretten. Ich schnorre sie. Das finden Sie sicher schrecklich.“

Die Frau gab zu, ihren Gatten zu betrügen, das war ihr anscheinend ganz selbstverständlich, sie weigerte sich, bei einem Brand Hilfe zu leisten, und jetzt dachte sie, sie sänke in meiner Achtung, weil sie Zigaretten schnorrte.

„Kannten Sie die Hendersons?“

„Wollen Sie damit unterstellen, daß ich etwas mit dem Feuer zu tun habe?“ Sie fächelte sich, als wäre es plötzlich im Zimmer warm geworden. Es war aber eher kühl.

„Ich fragte mich nur, ob Sie sie kannten.“

„Ihn, meinen Sie. Sie haben sich gefragt, ob ich ihn kannte! Natürlich kannte ich ihn, und das wissen Sie auch, sonst würden Sie nicht danach fragen. Aber ich hatte kein Verhältnis mit Bob Henderson. Zu Ihrer Information. Er hat auf meine Avancen, sagen wir mal, nicht recht angesprochen. Ich bin nicht empfindlich. Ich weiß mit einer Zurückweisung umzugehen.“

Plötzlich fragte ich mich, ob Trinidad sie auch zurückgewiesen hatte und ob ihre Art, mit Zurückweisung umzugehen, mit einem Fleischermesser zusammenhing.

Draußen knirschten Reifen auf dem Kies, das hieß, daß Ed Beechcomb früher nach Hause gekommen war. Sie erschrak, blickte auf und schien erstmals leicht außer Fassung.

„Ich wäre Ihnen dankbar, wenn Sie nichts rumerzählen würden", sagte sie und brachte mich eilig zur Tür. „Ich weiß, Sie müssen Ihre kleinen Fragen stellen, und ich habe versucht, geduldig zu sein und Dinge zu beantworten, die Sie nichts angehen. Ich versichere Ihnen, ich war völlig ehrlich, obwohl ich weiß, daß mein unschickliches Verhalten jemanden wie Sie schockieren muß. Es war die reine Wahrheit", sagte sie, indem sie mich praktisch aus der Tür schob.

Stimmt nicht, dachte ich bei mir und lächelte sie an. Auf dem Kühlschrank lag ein Päckchen Virginia Slim, und irgendwie glaubte ich nicht, daß Ed Beechcomb der Typ für diese Zigarettenmarke war.

„Vielen herzlichen Dank!" rief sie fröhlich winkend. „Und wenn Sie diese kleinen Tuben Lippengloss wieder hereinbekommen, sagen Sie mir Bescheid!" Sie wollte offensichtlich Ed vortäuschen, ich sei die Avon-Beraterin.

Ich ging und schenkte Ed ein kurzes Lächeln. Er sah kaum auf. Sein Gesicht war so lang und abgespannt, daß ich fürchtete, die Nachricht von Bettys Untreue hatte schließlich auch das Postamt erreicht.

12

Es war fast sechs Uhr, als ich wieder zu meinem Haus kam, wo Marthas Boot an meinem Steg vertäut war. Ich ging eilig hinauf, weil ich wissen wollte, was sie über Erica erfahren hatte, und als ich eintrat, sah ich, daß sich die beiden mit abgestreiften Schuhen im Wohnzimmer niedergelassen hatten und Wein tranken. Erica imitierte gerade Sergeant Grimes, ziemlich gut sogar.

„Da bist du ja“, sagte Martha. Sie stand auf und umarmte mich, wie wir uns immer begrüßen, wobei ich über ihre Schulter sah, wie Erica uns interessiert beobachtete.

„Ich habe Nachforschungen angestellt“, sagte ich und griff nach einem Weinglas. „Wie ist es mit Grimes gegangen?“ Ich hatte Erica immer noch nicht in die Augen geschaut. Ich hatte keine Zeit gehabt, meine Gefühle zu ordnen, und wußte nicht, wie ich mich verhalten sollte.

„Er wollte, daß ich einen Lügendetektortest mache“, sagte Erica. „Wenn ich unschuldig sei, hätte ich nichts zu fürchten, sagte er, weigerte ich mich aber, würde das den Mordverdacht bestärken, und er könnte zu härteren Mitteln greifen. Der Kerl hat offensichtlich zu viele Clint Eastwood-Filme gesehen. Ich habe eingewilligt.“

Martha hatte sich in meinem Lieblingssessel niedergelassen, deswegen setzte ich mich aufs Sofa, wobei ich zwischen mir und Erica viel Platz ließ. Panic und Gammon hatten sich bereits auf ihrem Schoß breitgemacht und schnurrten zufrieden.

„Wie ist der Test ausgegangen?“ fragte ich.

„Du meinst, ob ich bestanden habe?“ fragte Erica. „Sag bloß, du fängst auch an zu zweifeln.“

„Das habe ich überhaupt nicht gemeint“, log ich. „Es gibt nur offenbar ein paar Dinge in deiner Lebensgeschichte, die du mir nicht erzählt hast. Daß man dich eines Mordes verdächtigt hat, zum Beispiel. Ich frage mich, was du mir sonst noch unterschlagen hast.“

„Oh, verstehe“, sagte Erica sarkastisch. „Du glaubst also, ich hätte meinen Onkel umgebracht. Toll.“

„Das wollte Cass bestimmt nicht sagen, Erica", versuchte Martha zu schlichten. „Nicht wahr, Cassie?" Sie sah mich an und zog eine Augenbraue hoch. Das war Marthas Art, mir zu verstehen zu geben, ich sollte mich abregen, aber nun war es zu spät.

„Du hast ein ziemlich wichtiges Detail ausgelassen, besonders im Hinblick darauf, daß du mich angeheuert hast und wußtest, daß du verdächtigt wirst. Das ist keine unbedeutende Kleinigkeit. Wirklich, Erica, was sollte ich denken? Oder besser, was hast du dir dabei gedacht?"

Erica stand auf, wobei die zwei Katzen von ihrem Schoß rutschten. Sie stürmte in die Küche, kam wieder zurück, fuchsteufelswild. „Vielleicht wollte ich uns die Stimmung nicht verderben, indem ich etwas erzähle, das ich lieber vergesse. Ich dachte, du würdest mir vertrauen und nicht automatisch den Schluß ziehen, ich sei schuldig, wenn du davon hörst. Ich hoffte, du würdest mehr von mir halten. Ich habe mich wohl getäuscht." Sie rauschte hinaus, Martha und ich starrten ihr nach.

„Das hast du ja toll hingekriegt", sagte Martha. „Willst du dich jetzt entschuldigen oder die Geschichte hören?"

„Ich weiß nicht, was ich will", erwiderte ich unglücklich.

„Nun, hör gut zu. Erstens: Den Lügendetektortest hat sie glorreich bestanden. Ich habe mit Mike Wong gesprochen, er war dabei, als Grimes sie verhörte. Angeblich wurde er recht unangenehm. Wong mußte mehrmals einschreiten. Vor über einem Jahr war Erica *tatsächlich* in einen Mordfall verwickelt, wurde aber nie angeklagt. Eigentlich ging sie fast als Heldin daraus hervor. Unglücklicherweise konnte sie ihre Geliebte nicht mehr retten."

„Was meinst du damit?" Mir wurde langsam übel.

„Erica arbeitete an einem Buch. Wußtest du, daß sie Schriftstellerin ist? Sie saß jedenfalls in ihrem Arbeitszimmer, es war weit nach Mitternacht, als sie ihre Freundin Anne im Schlafzimmer schreien hörte. Sie rannte sofort hinauf. Da war ein Kerl mit einem Strumpf über dem Kopf. Er wollte Anne vergewaltigen, und als sie sich wehrte, fing er an sie zu würgen. Erica griff nach dem erstbesten Gegenstand, es war ein an der Wand lehnender Golfschläger. Damit hämmerte sie dem Kerl auf den Kopf, während er Anne weiter würgte. Erica brüllte, er solle aufhören, aber er würgte Anne, bis er zu Boden fiel. Er war so versessen, Anne umzubringen, daß er sich selbst nicht verteidigte. Als Erica schließlich an sie rankam, war sie bereits tot. Sie versuchte Herzmassage, aber es war zu spät. Das Ganze dauerte nur wenige Minuten. Plötzlich waren beide, ihre Geliebte und der Mann, der sie ermordet hatte, tot. Ihr Leben war zerstört."

Ich saß benommen da. Kein Wunder, daß sie nicht davon sprechen mochte. Was war ich für eine Idiotin. Martha kam zu mir und setzte sich neben mich. Sie legte den Arm um mich und zog mich an sich.

„Du konntest es nicht wissen, Cass, quäl dich jetzt nicht. Grimes verhielt sich übrigens typisch. Er unterstellte Erica, sie als männerhassende Lesbe, die bereits einen Mann wegen Vergewaltigung umgebracht habe, hätte das gleiche auch mit ihrem Onkel gemacht, als er ihr ein wenig zu nahe trat. Er hatte mit allen möglichen Leuten in der Stadt gesprochen, die bestätigten, Trinidad habe Erica nicht wie eine Nichte behandelt. Als Grimes ihre Personalien überprüfte und im Computer dieser frühere Fall erschien, spielte er verrückt. Er war überzeugt, daß sie den Lügentest nicht bestehen würde, und entschlossen, sie zu einem Geständnis zu bringen. Wong sagt, sie hätte sich wirklich gut gehalten. Jetzt schließt sogar Grimes ihre Unschuld nicht mehr aus. Er möchte sie allerdings weiterhin in der Stadt halten. Schließlich sind auch Lügendetektoren nicht idiotensicher."

„Habe ich das wirklich zu ihr gesagt? Ich kann es nicht glauben."

„He, du bist ins Fettnäpfchen getreten, jetzt geh und entschuldige dich. Ich warte hier."

Martha gab mir einen Schubs, woraufhin ich aufstand und mich auf den langen Weg den Flur entlang zum Gästezimmer machte. Die Tür war geschlossen, und ich klopfte. Als keine Antwort kam, öffnete ich und sah hinein. Erica war mit kaum verhohlener Wut dabei, ihre Sachen in die kleine Tasche zu stopfen.

„Erica? Kann ich reinkommen?"

„Wie du willst."

Ich trat ein und setzte mich auf den Bettrand. „Manchmal bin ich ein Arschloch."

„Scheint so." Sie wollte mir offenbar die Sache nicht erleichtern.

„Es ist nur, weil ich das Gefühl hatte, du bist nicht ehrlich mit mir. Als würdest du mir nicht wirklich vertrauen. Als der Sheriff sagte, daß du in einen Mordfall verwickelt warst, wußte ich nicht, was ich davon halten sollte. Ich wußte nur, daß du mich belogen hattest, und das tat weh."

„Ich habe dich nie belogen." Sie sah mir ins Gesicht. Ihre saphirfarbenen Augen brannten mir ins Herz.

„Durch Verschweigen", sagte ich. „Du hast gelogen durch Verschweigen."

„Du hast auch ein paar Sachen ausgelassen, da bin ich

mir sicher", sagte sie. „Ich hatte eben keine Lust, die Geschichte zu erwähnen, und auch jetzt habe ich keine Lust dazu. Wenn es dir nichts ausmacht, gehe ich heute nacht lieber in die Lodge. Martha fährt mich sicher gern hinüber."

„Sicher." Es machte mir etwas aus, aber ich brachte es einfach nicht über die Lippen.

„Vielleicht können wir ein andermal zusammen abendessen." Sie warf den Beutel über die Schulter und ging an mir vorbei.

„Ja, klar." Ich kämpfte mit den Tränen. Ich wußte nicht, war ich nun mehr wütend oder mehr verletzt. Ich wußte nur, daß Erica ging und ich das nicht wollte. Aber ich hatte mich genug entschuldigt. Kriechen würde ich nicht.

Martha klopfte an die Tür und machte sie auf. „Das ging wohl nicht so gut, hm?" fragte sie. „Wirst du zurechtkommen?"

Ich nickte und winkte, sie sollte gehen.

„Soll ich später wiederkommen? Möchtest du immer noch über den Fall sprechen?"

Ich schüttelte den Kopf und winkte noch einmal.

„Wenn du reden möchtest, ruf mich an", sagte sie und ging. Ich hörte sie wegfahren, blieb aber noch lange, nachdem das Geräusch ihres Bootes verklungen war, auf dem Bett sitzen, allein mit meinen widersprüchlichen Gefühlen.

13

In dieser Nacht träumte ich wild. Mehrmals wachte ich schweißgebadet auf, Bilder von abgeschnittenen Penissen und brennenden Häusern schwirrten mir im Kopf herum. Aber der letzte Traum entschädigte mich für all die anderen. Er fing mit einem heißen Bad im Whirlpool an, ging im Schlafzimmer weiter und wurde von keinem Klopfen an der Tür unterbrochen. Mit wild pochendem Herzen stieg ich am Sonntagmorgen aus dem Bett.

Nach der Dusche, die zugegebenermaßen weniger heiß ausfiel als sonst, zog ich Jeans an und eine weiße Bluse mit geknöpftem Kragen, die meine Bräune unterstrich, wie Martha immer sagte.

Der Tag versprach sonnig zu werden, und Gammon und Panic wollten unbedingt in den Wald zum Spielen, wo sie seit Tagen nicht mehr gewesen waren. Als ich sie fütterte, versprach ich ihnen, daß wir alle zusammen rausgehen würden, wenn ich zurück war. Damit schienen sie sich zufriedenzugeben, sie rollten sich in dem Sonnenfleck auf dem Sofa zusammen.

Bei Kaffee und Toast plante ich mein weiteres Vorgehen. Ich wollte meine Nachforschungen durchziehen, egal welche Gefühle Erica für mich empfand. Zum einen, weil es mein erster richtiger Fall war und ich das starke Bedürfnis verspürte, erfolgreich zu sein. Selbst wenn sich erweisen sollte, daß es mein letzter war, wollte ich mit erhobenem Haupt durch diese Stadt gehen können. Bei dem Tempo, mit dem sich in Cedar Hills Neuigkeiten verbreiteten, nahm ich an, daß bereits die halbe Stadt von meiner Tätigkeit als Privatdetektivin wußte. Ob ich es wollte oder nicht, meine Identität hatte sich verändert. Ich wäre lieber bekannt als die, die den „Killer von Cedar Hills", wie die Einheimischen Trinidads Mörder inzwischen nannten, gefangen hatte, als die, die es versucht hatte und scheiterte. Zum anderen hatte ich persönlich den dringenden Wunsch, den Mörder zu finden. Zugegeben, ich wollte auch Erica beeindrucken.

Zuerst mußte ich Alan Pinkertons Behauptung, er habe den Abend mit Jess' Sohn verbracht, überprüfen und mir von Jess bestätigen lassen, daß er gegen zehn Uhr tatsächlich bei ihm gewesen war. Es wäre nett, jemanden ausschließen zu können. Dann wollte ich, wenn ich schon unterwegs war, nach einer Person mit einer zerrissenen Jacke Ausschau halten. Ich fing an, meiner Theorie, warum jemand in den Biologieraum eingebrochen war, zu mißtrauen, obwohl es mir gelungen war, Booker zumindest von der Möglichkeit zu überzeugen.

Es wurde immer schwieriger, zwischen dem Mord an Trinidad und den anderen Verbrechen eine Verbindung herzustellen, aber es wäre töricht gewesen, den wenigen Spuren nicht zu folgen. Klar, daß Tommy nicht als einziger in der Stadt Marlboro rauchte. Wobei mich die Tatsache, daß Tommy mir in bezug auf das Feuer nicht die Wahrheit gesagt hatte, weniger beunruhigte als daß er sowohl in der Mordnacht als auch in der Brandnacht mit seinem Boot auf dem See draußen war, ohne Beleuchtung, mit einer Frau, die entweder mit beiden Opfern geschlafen oder sie zumindest gut gekannt hatte. Hatten sie es gemeinsam getan? Wenn ja, aus welchem Motiv? Rache für die Zurückweisung? Eifersucht? Dann war da noch Ed Beechcomb. Konnte er wirklich so blind sein und nicht wissen, daß seine Frau mit jedem männlichen Wesen in der Stadt schlief? Ich notierte: Eds Anwesenheit beim Bowlingabend vom Mittwoch und beim Treffen in der Elks Lodge am Freitag überprüfen. Plötzlich hatte ich einen arbeitsamen Tag vor mir.

Ich sagte meinen bepelzten Gesellschafterinnen auf Wiedersehen, wies Panic an, sich von ihrer wohlbeleibten Schwester nicht alle Crunchies in der Schüssel wegessen zu lassen, und ging hinaus. Es versprach ein herrlicher Tag zu werden. Die Sonne hatte die Morgenluft bereits erwärmt, Nebelschwaden schwebten träge dahin und verschwanden dann im strahlend blauen Himmel. Blaureiher flogen am Ufer entlang, Fischadler tauchten nach Beute. Die sonntäglichen Wasserskifahrer hatten sich noch nicht auf den See gewagt, und so waren die jubelnden Schreie der Vögel und das Klatschen des Wassers, wenn sie eintauchten, die einzigen Geräusche.

Einen Moment lang dachte ich daran, meine Pläne umzuwerfen, einen Klappsessel auf den Steg zu stellen und meine neue Angelrute auszuprobieren. Aber ein Gefühl von Entschlossenheit drängte mich mit voller Geschwindigkeit über den spiegelglatten See. Manchmal ist das pure Vergnügen, mit fliegenden Haaren, wasserbespritzt, in hohem Tempo dahinzusausen, die Erfüllung aller persönlichen Wünsche. Als ich am Hafen ankam, fühlte ich mich wesentlich besser.

Buddy Drake war mit Tommy an der Tankstelle und winkte mich zu sich. Mir fiel auf, daß er seinen normalerweise struppigen Schnurrbart sauber gestutzt und das

Haar mit einer Art Gel angeklatscht hatte und damit ganz proper aussah. Da ich ihn fast nie ohne seine Baseballmütze gesehen hatte, überlegte ich beiläufig, ob Buddy auf seiner Postrunde nicht irgendwo romantische Interessen hatte. Schmunzelnd fragte ich mich, ob er Betty Beechcomb kannte. Er begrüßte mich mit breitem Grinsen. „Ich habe gehört, du warst eine Heldin an jenem Abend. Glückwunsch."

„Du glaubst Jess Martin zuviel", sagte ich lachend.

„Nun, es war Sheriff Booker, der davon sprach. Er scheint von dir ganz begeistert zu sein. Schade, daß er schon verheiratet ist, hm?" Buddy versuchte seit drei Jahren, mich zu verkuppeln. Ich glaube, er ahnte, daß ich mehr zu Frauen neigte, aber er betrachtete es als seine Aufgabe, mich zu retten. „Meinst du, deine Bekannte möchte die Post ihres Onkel haben, oder soll ich sie am Postamt zurückhalten?" Er strich sich über das angeklatschte schwarze Haar.

„Halt sie lieber zurück", sagte ich. „Ich glaube, sie ist nicht mehr lange hier." Die Erkenntnis traf mich unvorbereitet. Aber ich konnte mir nicht erlauben, bei dem Gedanken zu verweilen. Ich hatte einen Fall zu lösen.

„Ja, wie ich gehört habe, fangen die Cops jetzt woanders an zu suchen. Sie wird wohl nicht mehr verdächtigt?"

Ich war immer wieder erstaunt, wie rasant sich Neuigkeiten in der Stadt verbreiteten. Vermutlich war Buddy selbst maßgeblich daran beteiligt.

Seine Bootstour führte ihn von Steg zu Steg, wo die Leute meistens zur Begrüßung herbeieilten. Am Ende seiner Morgenrunde hatte er alles Wissenswerte erfahren und alle anderen auch.

„Hast du schon eine Spur? Die Geschichte hat die Leute

ziemlich aufgewühlt. Manche glauben, das Feuer bei den Hendersons hätte damit zu tun. Ist da was dran?"

Ich wußte, daß ich ausgefragt wurde, aber vielleicht konnte ich Buddys Schwatzhaftigkeit für meine Zwecke nutzen. Wenn der Mörder glaubte, die Polizei sei ihm auf den Fersen, würde er vielleicht einen folgenschweren Fehler machen. Deswegen log ich.

„Es muß aber unter uns bleiben." Ich senkte die Stimme. „Die Polizei ist ihm auf den Fersen. Die Sache scheint sich zu klären. Mehr darf ich allerdings nicht sagen, sonst zieht mir der Sheriff das Fell über die Ohren."

„Ja, mir gegenüber hat er sich ähnlich geäußert", log er geschickt. Oder Tom Booker war genau so verschlagen wie ich und hatte Buddy mit der gleichen Information geimpft. Wie auch immer, ich vertraute darauf, daß der Mörder, wer immer er oder sie war, von der unmittelbar bevorstehenden Verhaftung erfahren würde.

Buddy wünschte mir viel Glück, und Tommy empfahl mir, vorsichtig zu sein. Ich sah ihn aufmerksam an, ob hinter seiner Warnung nicht noch mehr steckte, aber auf seinem Engelsgesicht lag ein unschuldiges Lächeln. Was, wie ich wußte, nichts zu bedeuten hatte.

Ich warf die Tüte mit Küchenabfällen, die ich mitgebracht hatte, in die rostige Tonne und ging Richtung Jess Martin. Demnächst mußte ich mal mein Auto anlassen, dachte ich, als ich meinen Jeep auf seinem üblichen Platz neben der Abfalltonne stehen sah. Eine leere Batterie war das letzte, das ich brauchen konnte. Mit kurzem heftigen Bedauern bemerkte ich, daß Ericas roter Miata nicht mehr am Hafen parkte.

Das Haus der Martins lag direkt an der Main Street, einen Häuserblock von Loggers Tavern entfernt. Einer der

Vorteile des Lebens in einer Kleinstadt besteht darin, daß es kaum Alkohol am Steuer gibt. Alle drei Bars waren von den meisten Häusern zu Fuß erreichbar. Unter einem alten grauen Chevy ragten zwei Beine hervor. Als ich näherkam, hörte ich Jess vor sich hin summen.

„Hast du die alte Kiste immer noch nicht zum Laufen gebracht?“ fragte ich. Seine Beine zuckten, und ich hörte einen lauten Schlag, gefolgt von einem Fluch. „Oh, Verzeihung. Ich wollte dich nicht erschrecken“, sagte ich unschuldig.

Jess schob sich unter dem Wrack hervor, setzte sich auf und rieb seinen Kopf. Sein braunes Haar war frisch gewaschen, sein Pferdeschwanz noch ein wenig feucht, doch die Stoppeln auf seinen mageren Wangen waren mindestens zwei Tage alt. Wie schaffte er es nur, sie immer gleich lang zu halten, ohne daß sie zu einem richtigen Bart wurden?

„Schon gut“, sagte er. „Vielleicht bringt mich dieser Schlag zur Besinnung.“

„Jess, ich möchte dich etwas fragen. Ich habe gestern mit Alan Pinkerton gesprochen, und er sagte, er sei Freitagnacht mit einigen anderen Jungen in deinem Haus gewesen.“

Jess sah mich neugierig an, dann stand er auf und lehnte sich ans Auto. „Das ist richtig, Cass. Dougie hatte an dem Abend ein paar Freunde bei sich. Bonnie hat im Sommer den Schuppen hergerichtet, und dort halten sie sich meistens auf. Um dir die Wahrheit zu sagen: Ich glaube, sie haben sich ein paar Pornofilme ausgeliehen. Immer wenn ich in die Nähe kam, hörte ich sie lachen und unanständige Geräusche machen. Sie tranken wohl auch Bier. Unsere Einstellung ist die: Lieber tun sie solche

Sachen zu Hause als draußen auf der Straße, unterwegs mit dem Auto, wo sie wirklich Ärger bekommen könnten. Warum dieses Interesse an Pinkerton?"

„Jess, ich weiß, du triffst dich mit Buddy Drake zum Mittagessen, und ich weiß, ihr beide klatscht wie verrückt. Wenn ich dich nun bitte, weder ihm noch sonst irgend jemand etwas zu erzählen, kann ich mich auf dich verlassen?"

„Cassie, ich gebe dir mein Wort", sagte er ohne Zögern. Ich konnte seiner sicher sein, das wußte ich.

„Ich habe kein gutes Gefühl bei diesem Pinkerton. Ich weiß, dein Sohn ist mit ihm befreundet und so, aber ich persönlich kann ihn nicht leiden. Nun besteht die entfernte Möglichkeit, daß er etwas mit dem Brand bei den Hendersons zu tun hat. Erica und ich sahen ein unbeleuchtetes Boot vom Tatort wegfahren. Ich weiß, daß um diese Zeit noch andere unbeleuchtete Boote draußen waren, aber Pinkerton hat das ältere Mädchen der Hendersons mehrmals angerufen und telefonisch belästigt, weil sie nicht mit ihm ausgehen wollte. Ich habe keinen Beweis in der Hand, aber mein Instinkt sagt mir, daß er etwas damit zu tun hat. Außer du weißt mit hundertprozentiger Sicherheit, daß er gegen zehn Uhr in eurem Haus war, dann kann ich ihn von der Liste streichen."

Jess griff in seine Hemdtasche und zog eine seiner selbstgedrehten Zigaretten heraus. Er zündete sie an, nahm einen tiefen Zug und stieß den Rauch in schiefen Ringen zum Himmel. „Die Sache ist die, Cass," sagte er schließlich, „eigentlich kann ich nicht sicher sagen, wo er um zehn Uhr war. Die Jungen kamen gegen sechs, liefen raus und rein, warfen mit einem Fußball im Hof herum, hörten Dougs Cassetten, sahen sich Schundfilme an und was sonst noch. Ich weiß, daß sie sich gegen halb acht in Kings Harbor eine Pizza bestellten, weil der Zusteller an die Vordertür kam und ich ihm den Weg nach hinten zeigte. Aber Bonnie und ich waren schließlich um neun im Bett. Sie steht um fünf Uhr auf und braucht ihre acht Stunden Schlaf. Durchaus möglich, daß jemand wegging, ohne daß wir etwas mitkriegten. Ich weiß bestimmt, daß sie lange auf waren, weil sie am nächsten Morgen alle verschliefen. Aber das ist normal. Immer wenn sie bei uns übernachten, bleiben sie die halbe Nacht auf. Das hilft dir wohl nicht viel weiter, oder?"

„Besuchen sie sich oft über Nacht?" fragte ich.

„Im Sommer schon. Manchmal bei uns, manchmal bei anderen. Mehrmals die Woche, würde ich sagen."

„Wer alles war in dieser Nacht bei Doug?"

„Oh, die üblichen Freunde. Dunk Foster – der große Junge, der bei McGregor an der Kasse beim Einpacken hilft – und Pinkerton. Die drei stecken immer zusammen. Schon seit der neunten Klasse. Ich hab' Dougie immer wieder gepredigt, er sollte sich neue Freunde suchen, weil diese Kerle immer die Schule schwänzten und so, aber Bonnie sagt, wir müssen den Jungen seinen Weg finden und selbst entscheiden lassen. Glaubst du wirklich, sie haben das Feuer gelegt, Cass?" Jess suchte meinen Blick, seine Miene war besorgt.

„Ich hoffe nicht, Jess. Brandstiftung ist ein schweres Verbrechen. Sie sind zwar noch nicht achtzehn, könnten aber nach Erwachsenenstrafrecht verurteilt werden. Wenigstens kamen bei dem Feuer keine Menschen zu Schaden. Es hätte schlimmer ausgehen können. Wenn sie es aber getan haben, dann ist gut möglich, daß sie auch in andere Sachen verwickelt sind."

Ich sah, wie Jess überlegte. Er drückte seine Zigarette zwischen Zeigefinger und Daumen aus, die er vorher mit der Zunge angefeuchtet hatte. Wie er es schaffte, sich dabei nicht zu verbrennen, weiß ich nicht, aber ich hatte es ihn so oft tun sehen, daß ich mir keine Sorgen mehr machte. Er steckte den Stummel in die Brusttasche seines Hemdes. Später würde er den ungerauchten Tabak mit dem anderer Stummel mischen und sich eine neue Zigarette drehen.

„Wenn du recht hast und Dougie mit dem Feuer zu tun hat, werde ich dir nicht im Weg stehen. Ich hoffe zu Gott, du irrst dich. Gut, der Junge ist manchmal wirklich eine verdammte Nervensäge, aber er ist doch noch ein Kind."

„Ich hoffe es auch, Jess." Ich fragte mich, ob ich ihm von dem Vorfall im Supermarkt berichten sollte, aber im Augenblick hatte Jess den Kopf voll genug. „Sag mal, wo war die kleine Jess, als die Jungen bei euch übernachteten?"

„Oh, sie war zu Hause. Sie wünscht sich nichts sehnlicher, als von ihnen akzeptiert zu werden, aber sie ignorieren sie. Ich weiß, daß sie reinging und um ein Stück Pizza bat, obwohl ich ihr sagte, sie solle die Jungen einfach in Ruhe lassen. Natürlich kam sie mit leeren Händen und tief enttäuscht zurück. Sie ging ungefähr zur gleichen Zeit zu Bett wie wir. Wenn du glaubst, daß Jessie damit zu tun hat, spinnst du. Das Kind ist ein echter Schatz."

„Das weiß ich, Jess. Ich denke gerade, sie könnte mir vielleicht mehr sagen. Womöglich weiß sie sicher, daß sie um zehn zu Hause waren, weil ihr Gelächter sie aufgeweckt hat. So in der Art. Es wäre nett, in diesem Punkt Gewißheit zu haben."

„Du kannst gern mit ihr sprechen, wenn du möchtest.

Sie ist im Haus und räumt ihr Zimmer auf. In etwa einer Stunde geht sie Rasenmähen, um ihr Taschengeld aufzubessern. Gut, daß du früh gekommen bist. Du solltest aber nicht durchblicken lassen, daß du die Jungs der Brandstiftung verdächtigst. Mir wäre lieber, wenn es darüber keine Gerüchte gäbe. Wenn es sich bewahrheitet, werde ich die Polizei selbstverständlich in allem unterstützen. Aber ich hätte es äußerst ungern, wenn der Ruf meines Sohnes durch ein Gerücht ruiniert würde, das sich dann als falsch erweist."

„Ehrenwort", sagte ich mit drei zum Pfadfinderinnenschwur erhobenen Fingern.

„Laß mich wissen, was du herausfindest. Du weißt, daß ich mir von jetzt an Sorgen mache."

Ich streckte mich und umarmte Jess, darauf umarmte er mich auch, etwas ungeschickt, riß sich los und verschwand wieder unter seinem Auto. Ich ließ ihn bei seiner Bastelei und ging durch die Fliegengittertür ins Haus.

„Jessie?" rief ich. Als keine Antwort kam, machte ich mich auf den Weg durch das Haus und spähte im Vorbeigehen durch die offenen Zimmertüren. Ich war froh, daß Bonnie bei der Arbeit war. So hatte ich Gelegenheit, ein wenig herumzuschnüffeln. Dougies Zimmer, mit dem ungemachten Bett, den herumliegenden Klamotten und den Musikpostern an den Wänden, war leicht auszumachen. Wie bei Alan Pinkerton, dachte ich. Aber Schlampigkeit und schlechter Musikgeschmack waren keine Verbrechen. In der Hoffnung, Dougie würde nicht plötzlich im Flur erscheinen, betrat ich das Zimmer zur näheren Betrachtung. Ich bemerkte eine grüne Nylonjacke in dem Kleiderhaufen auf dem Bett. Ich näherte mich langsam, mit heftig pochendem Herzen, und hob die Jacke hoch, um sie im schwachen Licht, das vom Flur hereindrang, näher zu untersuchen. Aber Farbe und Beschaffenheit des Stoffes waren völlig heil. Mit wachsender Erregung entdeckte ich ein riesiges orangefarbenes Logo auf dem Rückenteil. Cedar Hills Ducks. Es war eine Mannschaftsjacke. Das hieß, daß es noch mehr davon gab. Und eine einen Riß hatte. Ich hätte viel darum gegeben, Pinkertons Kleiderschrank durchsuchen zu können. Oder auch Dunks. Die zerrissene Jacke mußte unfehlbar demnächst auftauchen. Eine Stimme unterbrach meine Gedanken.

„Suchen Sie etwas?" Ich schreckte hoch und warf die Jacke zurück aufs Bett. Als ich mich umdrehte, grinste Jess mich an, ihre Zahnspange glänzte im Flurlicht.

„Mensch, Jessie, du hast mich zu Tode erschreckt. Wie geht's?"

„Gut, Miss James. Suchen Sie Dougie? Er ist nicht da."

„Eigentlich wollte ich dich sprechen. Dein Dad hat mir gesagt, du putzt dein Zimmer. Dieses hier ist offensichtlich nicht deins."

Sie kicherte und rümpfte über die allgemeine Schweinerei im Zimmer ihres Bruders die Nase.

„Mein Zimmer ist weiter hinten. Kommen Sie mit, ich zeig's Ihnen."

Ich folgte ihr in einen hellen gelb gestrichenen Raum, dessen Wände mit Bildern von Flugzeugen und Raketen geschmückt waren. Er war nicht gerade makellos, aber sauber und freundlich, nicht so düster und vergammelt wie das Zimmer ihres Bruders.

„Du magst Flugzeuge, wie ich sehe", sagte ich und setzte mich auf die Bettkante.

„Ja. Ich wollte immer Pilotin werden. Oder vielleicht

sogar Astronautin. Aber jetzt denke ich an etwas anderes." Ihre Augen blitzten vor Begeisterung, und mir fiel wieder auf, daß sie die gleiche Haltung hatte wie ihr Vater und die gleichen Ticks.

„O ja? Was denn?"

„Sie dürfen aber nicht lachen!" sagte sie ernst.

„Großes Ehrenwort."

„Ich denke an die Gesetzeshüter."

„Prima, Jessie. Du meinst die Polizei?"

„Oder vielleicht das FBI oder die CIA. Ich habe mich noch nicht entschieden. Ich könnte auch Detektivin werden, wie Sie."

„Das ist ja prima. Du würdest eine sehr gute Gesetzeshüterin abgeben. Weißt du, was du tun solltest? Du solltest meine Freundin Martha fragen, ob sie dich mal zum Dienst mitnimmt. Da bekommst du hautnah mit, was Polizeiarbeit heißt."

Ihre grünen Augen hinter der Nickelbrille wurden groß, sie sah aus wie eine schlaue kleine Eule. „Meinen Sie wirklich, das geht?"

„Ich könnte ein gutes Wort für dich einlegen, wenn du möchtest. Ich glaube, sie ließe sich schon überreden." Ich wußte, dafür schuldete ich Martha mindestens ein Abendessen.

„Das wäre toll", sagte sie. „Und was wollten Sie von mir?" Sie schwang sich auf die Kommode und baumelte mit ihren roten Tennisschuhen.

„Ich möchte dich nach der Nacht fragen, als Doug ein paar Freunde hier hatte. Vorletzte Nacht. Erinnerst du dich?"

„Na klar. Die Drei Musketiere. Sie haben im Schuppen übernachtet." Sie zeigte aus dem Fenster, wo eine ehemalige freistehende Garage in frischer blauer Farbe erstrahlte und Vorhänge die Fenster schmückten. Bonnie hatte ein nettes kleines Häuschen daraus gemacht.

„Nennen sie sich so?“

„Nein, nein. Nur Dad und ich nennen sie hinter ihrem Rücken so.“ Sie strich eine lange braune Haarsträhne hinters Ohr. Diese Geste hatte ich bei Jess tausendmal gesehen.

„Weißt du, was sie an diesem Abend gemacht haben, Jessie? Dein Dad sagt, du weißt vielleicht mehr als er.“

„Sie haben mich nicht einmal reingelassen“, sagte sie. „Früher ja, aber jetzt nicht mehr. Ich weiß ganz sicher, daß sie ein Video ausgeliehen haben, das nicht jugendfrei ist. Ich sah es auf Dougies Kommode liegen. Außerdem haben sie getrunken. Alan Stinkerton bringt immer Alkohol mit. Sie sitzen herum, rauchen, trinken und reißen schmutzige Witze. Sie bilden sich Gott weiß was ein, weil sie schon größer sind und so.“

Ich lächelte. „Welche Zigarettenmarke raucht Dougie?“ fragte ich und dachte, „Stinkerton“ trifft es.

„Früher hat er sich von Dad Tabak genommen und selbst gedreht. Aber jetzt ist er ausgesprochener Marlboro Man. So drückt er sich aus – ‚Ich bin ein ausgesprochener Marlboro Man‘. Ziemlich lustig eigentlich.“ Zufall? Ich fragte mich.

„Das klingt, als wären du und dein Bruder nicht immer ein Herz und eine Seele“, sagte ich. „Wie gestern im Supermarkt“, fügte ich hinzu und beobachtete sie genau.

Sie blickte zur Seite. „Er ist ein Idiot. Ich weiß, das sagt man nicht vom eigenen Bruder, aber so ist es eben. Es ist komisch, weil ich früher zu ihm aufgesehen habe, verstehen Sie? Aber jetzt nicht mehr. Ich finde, er ist ganz einfach gemein." Ich beschloß, nicht mehr auf den Zwischenfall im Supermarkt zurückkommen. Es war ihr offensichtlich peinlich, daß ich gesehen hatte, wie sie in aller Öffentlichkeit gedemütigt worden war. „Weißt du, ob er und seine Freunde in dieser Nacht weggegangen sind, oder waren sie die ganze Zeit über im Schuppen?" kam ich wieder zum Thema.

„Warum?"

„Ich versuche nur festzustellen, wo sie um zehn Uhr abends waren. Ich dachte, vielleicht weißt du es, weil dein Fenster direkt gegenüber liegt. Vielleicht hast du sie gehört oder gesehen. Kannst du mit Sicherheit sagen, daß sie um diese Zeit zu Hause waren?"

„Nicht mit absoluter Sicherheit." Es schien, als wollte sie Zeit zu schinden, um zu überlegen, wieviel sie mir erzählen sollte.

„Jessie, das ist wichtig. Du mußt ehrlich sein zu mir."

„Ist Dougie in Schwierigkeiten? Er bringt mich um, wenn ich ihn verrate."

„Ehrlich gesagt, ich weiß es nicht. Aber ich muß die Wahrheit wissen, damit ich ihm vielleicht helfen kann. Hast du sie weggehen sehen?"

„Nicht direkt. Ich weiß, daß sie drin waren, als ich ins Bett ging, weil der Fernseher noch lief. Sie sahen sich immer noch diesen Film an. Ich schlief ein und hörte nichts mehr. Dann wachte ich um zwei Uhr auf – das weiß ich, weil ich auf die Uhr gesehen habe. Ich wachte auf, weil sie sich stritten. Ich hörte die Tür vom Schuppen zuknallen, stand auf und sah aus dem Fenster. Ich konnte nicht hören, was sie sagten, aber Dougie war anscheinend sehr wütend auf Alan. Dunk mußte einschreiten, weil sie sich beinahe geprügelt haben."

„Wenn du raten müßtest, worüber sie sich gestritten haben, was würdest du antworten?"

Jessie biß sich auf die Lippen und überlegte angestrengt. „Nun, Dougie war wütend, das heißt, Stinkerton hat vielleicht etwas Dummes gemacht, was sie in Schwierigkeiten bringen könnte. Wie damals, als er Dunk überredete, bei McGregor eine Kiste Budweiser zu stehlen, und Dunk beinahe rausgeworfen wurde. Dunk mußte den Preis abarbeiten, und jetzt überwachen sie ihn wie die Habichte. Oder wie damals, als sie Dougies Initialen auf das Stoppschild schrieben, das sie mit diesen dummen Hakenkreuzen bemalt hatten. Sie wurden nie geschnappt, aber Dougie war deswegen wirklich wütend."

Die Erwähnung der Hakenkreuze brachte meinen Puls in Wallung. „Hast du eine Ahnung, wo sie bis um zwei Uhr morgens waren?"

Jessie schwieg lange genug, um mir klarzumachen, daß sie etwas verschwieg. „Eigentlich nicht", sagte sie, den Blick auf die baumelnden Turnschuhe gesenkt.

„Los, Jessie. Ich brauche deine Hilfe."

„Ich bin mir nicht ganz sicher."

„Aber du hast eine Ahnung, stimmt's?" fragte ich und drückte mir heimlich die Daumen.

„Naja." Sie machte eine Pause und nagte an der Unterlippe. „Manchmal schleichen sie sich zu ihrer Festung. Niemand darf davon wissen. Bitte fragen Sie Doug nicht danach, ja? Er bringt mich wirklich um. Und erzählen Sie es auch Dad nicht."

„Wie kommt es, daß du von der Festung weißt, wenn niemand davon wissen darf?"

„Weil ich ihnen einmal gefolgt bin", sagte sie mit Mißtrauen in ihren großen Augen.

„Hattest du keine Angst, entdeckt zu werden?"

„Doch, schon." Sie nickte. „Ich blieb weit hinter ihnen, besonders als sie durch den Tunnel gingen. Da hatte ich am meisten Angst, weil ein Zug kommen kann und zwischen der Wand und dem Zug kaum Platz ist. Glücklicherweise kam keiner, aber ich mußte warten, bis sie aus dem Tunnel waren, bevor ich durchgehen konnte, sonst hätten sie sich nur umzudrehen brauchen und mich gesehen. Es dauerte eine Weile, bis ich herausfand, welchen Weg sie genommen hatten."

„Und wohin gingen sie, Jessie? Wo ist diese Festung?"

„Nur eine Meile von hier, es ist ein alter Holzfällerplatz und ganz versteckt. Man kann überhaupt nichts erkennen, bis man ganz nahe ist. Es ist ziemlich cool. Sie haben eine Lautsprecherbox dort draußen. Sie drehen sie ganz laut, das half mir, sie zu finden. Aber ich hatte Angst und wollte nicht näher ran, deswegen sah ich es nicht von innen."

„Würdest du es wiederfinden?" fragte ich. „Könntest du mich hinführen?"

„Vielleicht." Sie klang unsicher. „Nein, es geht nicht, ehrlich. Sie kennen meinen Bruder nicht. Ich muß mit ihm leben. Wenn er erfährt, daß ich Sie mitgenommen habe, bin ich tot. Glauben Sie mir." In ihren Augen stand echte Angst, und ich fragte mich, wie real diese Drohung war.

„Also gut, Jessie. Ich habe einen Vorschlag. Wir schließen einen Kompromiß. Zeichne mir eine Karte. Ich verspreche, daß niemand erfährt, wie ich zu dieser Festung gefunden habe, und mit etwas Glück weiß niemand, daß ich überhaupt dort war. Ich will nur einen Blick darauf werfen. Ich werde nichts anrühren, ehrlich."

Jess blickte auf, und ich sah ihren intelligenten Augen an, daß sie schnell kalkulierte.

„Sie erzählen mir, warum Dougie in Schwierigkeiten ist, und ich zeichne Ihnen die Karte“, sagte sie. Vielleicht sollte der kleine Fratz die Gesetzeshüterin vergessen und sich aufs Verhandeln spezialisieren, dachte ich.

„Ich habe deinem Vater versprochen, daß ich schweige“, sagte ich. „Nicht daß er dir nicht vertrauen würde, aber er möchte Doug gegenüber fair sein. Doug hat vielleicht nichts Böses getan, verstehst du. Ich will nur herausfinden, wer es getan hat. Verstanden?“

Jessie schüttelte offensichtlich frustriert den Kopf. „Das ist nicht fair. Dad hält immer zu ihm. Er läßt ihm alles durchgehen. Dougie tut nie etwas Gutes, trotzdem hat er alle Privilegien. Ich mache alles richtig, und ich bin diejenige, die Dougs Mist ausbaden muß. Ich hasse ihn!“ Sie hüpfte von der Kommode, wühlte in einer Schublade und kam mit Papier und Bleistift zurück. Sie setzte sich wortlos an ihren winzigen Schreibtisch und zeichnete sorgfältig eine genaue Karte des Wegs zur Festung. Sie brauchte volle fünf Minuten und einige Korrekturen, aber das Endprodukt war ein Kunstwerk.

„Ich stehe in deiner Schuld, du bist ein tolles Mädchen“, sagte ich und reichte ihr die Hand, die sie zögernd ergriff.

„Und nur um das einmal festzuhalten, dein Dad hält große Stücke auf dich. Er ist so stolz auf dich, daß er fast platzt. Mag sein, daß er sich Dougie gegenüber doppelt anstrengt, um den Anschein zu vermeiden, daß er dich vorzieht. Kannst du mir folgen?“

Sie senkte den Blick, leicht verlegen, aber offensichtlich erfreut. „Manchmal werde ich eben wütend. Ich möchte einfach, daß Dougie netter ist, nichts weiter. Als wir klein waren, hatten wir viel Spaß miteinander. Aber das ist lange her. Wenn er doch nur wieder so sein könnte wie früher. Aber da wird wohl nichts mehr draus. Ich glaube, ich habe endlich gemerkt, daß er nicht mehr netter wird. Ich muß ihn eben nehmen, wie er ist, verstehen Sie?"

„Wart's ab. Vielleicht hat er nur so eine Phase. Manchmal werden Leute mit den Jahren rücksichtsvoller." Ich wollte, ich hätte etwas Ermutigenderes sagen können, aber von dem, was ich bislang von Dougie gesehen hatte, hegte auch ich keine große Hoffnung, daß aus ihm in naher Zukunft ein wunderbarer Mensch werden würde.

Ich bedankte mich noch einmal bei Jessie und schwor, keiner Menschenseele von der Existenz der Festung zu erzählen.

Ich wußte nicht, was ich mir davon versprach, auf der Suche nach dem Versteck einiger Jungen in den Wäldern herumzutappen. Meine natürliche Neugier aber machte es mir unmöglich, die Sache zu ignorieren, obwohl ich das Gefühl hatte, der falschen Spur nachzujagen. Selbst wenn ich jeden einzelnen Marlbororaucher in Cedar Hills aufspürte, wäre ich der Aufdeckung des Mords an Trinidad und auch der Brandstiftung bei den Hendersons nicht näher gekommen. Nur weil Pinkerton und seine Anhänger selbsternannte Neo-Nazis waren, mußte das nicht bedeuten, daß sie mit einem dieser Verbrechen zu tun hatten. Aber wie mein alter Lehrer Jake Parcell zu sagen pflegte: Du kannst keinen ausschließen, bevor du ihn ausschließen kannst. Ein kluger Mann, dieser Jake.

Ich verbannte also meine wachsenden Zweifel an meinen detektivischen Fähigkeiten ganz weit in den Hinterkopf, wo ich sie besser ignorieren konnte, und machte mich ganz altmodisch daran, Personen auszuschließen.

14

Weil der Supermarkt ganz in der Nähe lag, beschloß ich, ein Wort mit Dunk, dem Tütenpacker zu wechseln. Als ich ihn sah, wußte ich sofort, daß ich ihn schon hundertmal gesehen hatte.

Er war groß und schlaksig, hatte pickelige Haut, schiefe Zähne und flammend rotes, kurz geschnittenes Haar. Er hielt sich krumm, wie viele große Leute. Seine schmalen Schultern fielen nach vorn wie verwundete Flügel. Es war schwer, sich den Jungen bei einer Aktivität vorzustellen, die auch nur entfernt mit Sport zu tun hatte, aber Jess hatte ja gesagt, daß Spieler knapp waren. Trotzdem zweifelte ich an Dunks Kampfgeist und Spielfreude. Vermutlich hatte er einen sportlichen Vater, der seine Träume durch seinen Sohn verwirklichen wollte. Dunk sah aus, als würde er lieber im Bett bleiben.

Ein paar Minuten beobachtete ich ihn, wie er einer Frau den Einkauf verpackte und sich dabei wie unter Wasser bewegte. Langsam, ungeschickt und gelangweilt. Sicher bekam er nicht viele Trinkgelder. Als er damit fertig war, ging ich zu Eileen, der Angestellten, und fragte, ob ich mir den Jungen kurz ausleihen dürfe.

Eileen war eine kräftige Frau, mit der ich die Jahre über viele nette Worte gewechselt hatte. Ich mochte sie, und sie war immer darauf bedacht, mich auf Sonderangebote hinzuweisen. Ich glaube, sie machte sich Sorgen um meine Ernährung, weil sie mir ab und zu ein zelophanverpacktes Kuchenstück, wie sie die Damen vom Elks Club für wohltätige Zwecke herstellen, in den Korb legte, mir zuzwinkerte und kein Geld dafür nahm.

„Nun", sagte Eileen und blickte sich im fast leeren Geschäft um. „Ich weiß nicht, was man von ihm wollen könnte, ein solcher Nichtsnutz, wie er in letzter Zeit ist, aber Sie können ihn gern haben."

Ich kicherte, Dunk sah sie finster an. Offensichtlich nahm er die gutmütige Kritik nicht mit Humor. Er sah aus wie ein Junge, der Beleidigungen gewohnt ist und sie auch dort sieht, wo eigentlich keine sind.

„Dunk", sagte ich, reichte ihm meine Karte und senkte die Stimme, „ich bin Cassidy James. Würdest du mir bitte einige Fragen beantworten?"

„Geht nach hinten zu den Müllcontainern", sagte Eileen bestimmt. „Dort stört euch niemand."

Dunk folgte mir nach draußen und lehnte sich mürrisch an einen grünen Container. Um seinen Größenvorteil auszugleichen, stellte ich mich auf eine Kiste. Dunk griff in seine Gesäßtasche und schüttelte eine Zigarette aus einer arg zerdrückten Schachtel. Ich war nicht überrascht, daß er Marlboro rauchte. In dieser Stadt könnten sie einen Werbespot für die verdammten Dinger machen, dachte ich.

„Was wollen Sie von mir?" fragte er.

„Dunk, du weißt bestimmt, daß in letzter Zeit hier in der Gegend viel passiert ist. Ich will nur herausfinden, wo jeder war, als die Verbrechen geschahen. Kannst du mir zum Beispiel sagen, wo du vorgestern abend gegen neun Uhr gewesen bist?"

„Ich habe mit dem gestohlenen Alkohol nichts zu tun.

Hat dieses Luder das behauptet? Ich habe ihr bereits gesagt, daß ich die ganze Nacht bei Dougie Martin war. Sie können alle fragen."

„Nun, Dunk, ich habe mit verschiedenen Leuten gesprochen und weiß, daß du nicht den ganzen Abend bei den Martins warst. Sicher, du warst dort, und du bist zurückgekommen, aber ich möchte wissen, wo du dich in der Zeit dazwischen aufgehalten hast."

Er sah zu mir auf und starrte dann wieder auf seine riesigen Turnschuhe. Es sollte nicht schwer sein, diese Schuhe einem der Fußabdrücke zuzuordnen, die bei den Hendersons gefunden wurden, dachte ich. Ich mußte bald mit Sheriff Booker sprechen.

„Ich bin nirgends hingegangen", sagte er. „Wer etwas anderes behauptet, ist ein verdammter Lügner."

„Hast du ein Boot?"

„Nein, warum?"

„Wie steht's mit Alan oder Doug? Einer hat doch sicher ein Boot."

„Und?"

„Und ich habe gehört, daß ihr gern nachts Fahrten auf dem See macht, ohne Beleuchtung. Richtig?"

„Und wenn schon?"

„Ich frage mich, warum ihr das Feuer bei den Hendersons nicht gemeldet habt, wo ihr so nah dran wart. Weil ihr ohne Erlaubnis das Boot von Dougs Vater genommen hattet und ihn nicht in Schwierigkeiten bringen wolltet?"

„Wie kommen Sie darauf, daß wir das Feuer gesehen haben?"

„Oh, wir wissen, daß ihr das Feuer gesehen habt, Dunk. Das ist überhaupt nicht die Frage. Mehrere Leute haben euch draußen gesehen, ich auch. Ich will nur wissen, warum ihr es nicht gemeldet habt. Erst gestern habe ich dem Sheriff gesagt, daß ich glaube, ihr hattet Angst, weil das Boot nicht euch gehörte."

„Wie konnten Sie uns sehen? Es war stockdunkel!" platzte er heraus. Ich ließ das eine Weile wirken und genoß seinen Schnitzer. Er begann hektisch an der Zigarette zu ziehen, deutlich wütend auf sich oder mich oder beide.

„Also, warum habt ihr das Feuer nicht gemeldet?"

„Es war so, wie Sie sagen. Wir wollten nicht in Schwierigkeiten kommen, weil wir Mr. Martins Boot genommen hatten. Es war sowieso schon fast aus, als wir es sahen."

„Hast du je die Redensart gehört, daß man möglichst nah an der Wahrheit bleiben sollte, wenn man schon lügt?"

Er sagte nichts, aber sein Blick schoß durch die Gegend, als beobachtete er ein imaginäres Ping-Pong-Spiel.

Ich beschloß, alles auf eine Karte zu setzen. „Ich habe gehört, es war deine Idee, das Feuer zu legen. Aber ich mag es nicht so recht glauben. Nun steht dein Wort gegen ihr Wort."

„Stimmt überhaupt nicht!" kreischte er, und seine Augen wurden endlich lebendig. Hinter den trüben grünen Schleiern kam Wut zum Vorschein.

„Hat dieser Scheißkerl Pinkerton das gesagt? Er ist ein gottverdammter Lügner. Ich war's nicht."

„Sie sagen, du wärst hinter dem älteren Mädchen her gewesen. Heißt sie nicht Mary? Und daß du sie angerufen hast, und als ihr Vater mit der Polizei drohte, wolltest du ihnen einen Denkzettel verpassen und hast das Haus in Brand gesteckt."

„Das war nicht ich!", schrie er fast. „Das war Alan. Ich kenne das Mädchen überhaupt nicht. Wer hat Ihnen gesagt, ich sei es gewesen? Ich werde ihnen in den Arsch treten!"

„Du sagst also, es war Alans Idee, das Feuer zu legen, nicht deine?"

„Ich sage gar nichts!" sagte er und merkte zu spät, daß er eben seinen Freund verraten hatte.

„Sieh mal, Dunk. Nehmen wir an, ich glaube dir, daß nicht du es warst, der auf die Idee gekommen ist. Es gibt aber klare Beweise für deine Anwesenheit. Es gibt nicht viele Leute mit deiner Schuhgröße, und die Abdrücke waren überall am Brandort zu finden. Es ist also nicht die Frage, ob du dort warst oder nicht. Jetzt kommt es nur noch darauf an, wie du mit der Polizei kooperierst. Ich würde gern Sheriff Booker sagen, daß du bereit bist, zur Aufklärung beizutragen. Das ist bedeutend besser, als ein unkooperativer Verdächtigter zu sein."

Er stand da und blinzelte in die Sonne, deutlich nach einem Weg aus seiner Klemme suchend. Ich beschloß, den Einbruch in der Schule und den Mord nicht zur Sprache zu bringen. Ich wollte ihn nicht in die Flucht schlagen, bevor der Sheriff oder Grimes Gelegenheit hatten, ihn zu vernehmen. Ich hatte den Eindruck, daß Dunk für ein umfassendes Geständnis reif war, wobei es hauptsächlich darum ging, seine Komplizen zu verraten.

„Der Sheriff wird bald vorbeischauen, Dunk. Mein Rat lautet: Sei ihm gegenüber vollkommen ehrlich. Er haßt Kriminelle, aber noch mehr, wenn ihn jemand anlügt. Du solltest das bedenken. Verstehst du, was ich sage, Dunk?"

Er nickte langsam, in seinen Augen brannte die Wut.

Ich wandte mich ab und hoffte, nicht zu weit gegangen zu sein, bevor Booker ihn in die Finger bekam. Ich beschloß, den Sheriff von der öffentlichen Telefonzelle vor dem Supermarkt aus anzurufen und ihm mitzuteilen, was ich erfahren hatte. Natürlich war er unterwegs, und ich konnte nichts weiter tun, als eine kurze Nachricht auf seinem Anrufbeantworter hinterlassen. Ich konnte kaum die Sache mit Dunk erzählen, da wurde ich schon unterbrochen. Hoffentlich genügte das, um ihn auf die Jungen anzusetzen.

Ich war mir ziemlich sicher, daß die Drei Musketiere, wie Jessie sie nannte, mit der Brandstiftung zu tun hatten. Ich wußte immer noch nicht, wie und *ob* es eine Verbindung zum Mord an Trinidad gab, aber wenigstens kam ich vorwärts.

Ich ging etwa einen Häuserblock weiter, wobei ich mir überlegte, was ich zuerst tun sollte: die Festung ausfindig machen oder noch einmal Tommy befragen. Ferner mußte ich feststellen, wo Ed Beechcomb sich am Mittwoch und Freitag aufgehalten hatte, und obwohl es nicht viel beweisen würde, hätte ich für einen Blick auf Alan Pinkertons Team-Jacke viel gegeben. Das verschwundene Formaldehyd war mir immer noch rätselhaft. Ich stellte mir mittlerweile allerhand ekelhafte, in Gläsern schwimmende Sachen vor. Meine erste Vermutung, daß jemand Trinidads Intimorgan aufbewahren wollte, war womöglich etwas vorschnell gewesen, aber der Gedanke an jemanden, der irgendwo irgend etwas aufbewahrte, verließ mich nicht.

Ich dachte an all die Zettel am Schwarzen Brett bei McGregor über vermißte Haustiere; ein scheußliches Bild stieg in mir auf, und ich mußte den Kopf schütteln, um es loszuwerden.

Während ich auf dem Bürgersteig stand und über diese Möglichkeiten nachdachte, erscholl das Heulen einer

Krankenwagensirene. Es näherte sich auf dem Highway 1 von Süden, und ich dachte, das Geräusch würde sich wieder entfernen, weil der Krankenwagen zu einem Unfall irgendwo weiter oben auf dem Highway unterwegs war. Ich war überrascht, als er nach Cedar Hills einbog und direkt an mir vorbei die Main Street entlangbrauste. Gleich dahinter kam ein Polizeifahrzeug, Blaulicht und Sirene eingeschaltet, was den Lärm noch steigerte. Aus irgendeinem Grund ging ich den Sirenen nach.

Ich hatte sie bald eingeholt, und wo sie hielten, hatte sich eine Menschenmenge versammelt. Neben der alten wenig befahrenen Straße zum North Lake war ein grüner Cadillac von der Straße abgekommen und im Graben gelandet. Das Auto lag auf der Seite, und die Sanitäter waren dabei, den eingeklemmten Fahrer zu befreien. Ich suchte nach einem bekannten Gesicht in der Menge und entdeckte Tommy. Er trug kein Hemd unter der Levis-Latzhose.

„Was ist passiert?" fragte ich und stellte mich neben ihn.

„Ein Mann ist in dem Cadillac da unten eingeklemmt. Wohl schon die ganze Nacht. Hat sich vielleicht stockbesoffen in den Graben gefahren."

„Woher weißt du, daß es gestern nacht passiert ist?"

„Weil die Scheinwerfer noch eingeschaltet waren", sagte Tommy und sah mich an wie eine Idiotin.

„Oh."

„Mrs. Townsend hat heute früh Bonkers spazieren geführt, und als sie sich diesem Straßendamm näherten, hat der Hund verrückt gespielt. Sie konnte den Mann stöhnen hören. Da rannte sie zurück, um die Polizei zu alarmieren. Ich und Mr. Townsend kamen mit ihr hierher,

aber wir konnten den Mann nicht bewegen. Er ist hinter dem Steuerrad eingeklemmt und kommt nicht raus."

„Hast du eine Ahnung, wer er ist?"

„Irgendein alter Typ. Nie gesehen. Muß ziemlich Geld haben, wenn er so einen Schlitten fährt. Jetzt ist er natürlich nicht mehr viel wert. Muß sich mehrmals überschlagen haben, bevor er hier landete."

Ein zweites Polizeifahrzeug hielt mit quietschenden Bremsen, und ich war überrascht, Martha und ihren neuen Kollegen aussteigen und zu den anderen gehen zu sehen. Ein paar Minuten später brach die Menge in Jubel aus, als der ältere Mann schließlich befreit auf die Krankenbahre gelegt wurde. Er war deutlich erregt. Während man ihn die Böschung hinaufwuchtete, gestikulierte er mit dem einen Arm wild in Richtung Polizei, der andere stand in einem erschreckenden Winkel ab. Ich konnte ihn schreien hören, verstand aber die Worte nicht.

Als die Ambulanz davongebraust war, verlor sich die Menge, und Tommy verschwand, bevor ich ihn weiter ausfragen konnte. Ich wußte, wenn ich lange genug herumhing, würde Martha mich entdecken und herkommen. Ich war mir nicht sicher, ob ich über gestern abend sprechen wollte, aber meine neuesten Entdeckungen wollte ich ihr durchaus mitteilen und ihre Meinung dazu hören. Ich mußte nicht lange warten.

„Wie geht es meiner Lieblingsdetektivin?" fragte sie mit ansteckendem Grinsen.

„Den Umständen entsprechend gut. Was ist hier los?" fragte ich, auf die Unfallstelle deutend.

„Sieht aus, als wäre der Typ von der Straße abgekommen. Er ist verdammt wütend. Er behauptet, daß er ganz friedlich dahinfuhr, als ein roter Sportwagen hinter ihm

her kam, ihn anblinkte, anhupte und schließlich von der Straße drängte. Klingt ziemlich verrückt, aber an der Fahrerseite seines Wagens ist tatsächlich rote Farbe. Erstaunlich, daß er nicht schlimmer verletzt ist. Sein Airbag hat ihn gerettet, aber das Steuerrad brach ab und klemmte ihn auf dem Sitz ein. Er konnte nicht hinunterfassen, um den Sitz zurückzuschieben, weil sein linker Arm gebrochen war. Als das klar war, konnte man ihn ziemlich leicht rausholen."

„Wer ist er?" fragte ich.

„Ein Tourist, nehme ich an. Er hat Nummernschilder aus Kalifornien, deswegen. Eigentlich sollte ich sagen ‚Schild', weil das hintere fehlt."

„War es vor dem Unfall dran?"

„Wie soll ich das wissen, Cass? Warum?"

Ich erzählte ihr von meiner Theorie über das vermißte Schild der Hendersons, das vermißte Formaldehyd und von der Möglichkeit, daß wer auch immer diese Verbrechen begangen hatte, von jedem Tatort eine Trophäe mitgehen ließ.

„Willst du damit sagen, daß der Brand und der Mord an Trinidad von ein und demselben Kriminellen verübt wurden und nun auch dieser Unfall? Ich weiß nicht, Cass. Dieses Nummernschild kann doch auch vorher verloren worden sein. Oder es löste sich, als sich der Wagen überschlug. Außerdem", fuhr sie fort, „wo ist das Motiv? Ich sehe keines. Der Mann war auf der Durchreise. Jedenfalls soweit wir wissen. Die Leute begehen nicht einfach Verbrechen aufs Geratewohl. Da ist kein Muster. Oder wenn eines da ist, dann erkenne ich es jedenfalls nicht. Wo ist die Verbindung zwischen Ericas Onkel, den Hendersons und diesem da? Zeig sie mir, und ich glaube dir."

Ich überlegte, ob der Mann lange genug in der Stadt gewesen war, um Betty Beechcomb zu kennen, und schüttelte den Kopf.

Zum erstenmal in meinem Leben wurde ich wirklich wütend auf Martha. Ich hatte zwar nicht alle Lösungen parat, aber ich erwartete zumindest, daß sie meine Fragen halbwegs ernst nahm.

Ein Rufen aus zirka fünfzig Metern Entfernung unterbrach unsere Unterhaltung. Einer der Polizisten rief und winkte aufgeregt in unsere Richtung. Wir rannten hin und verstanden endlich, was er sagte.

„Hier unten ist noch eins! Und es ist rot!“

Ich stand mit hämmerndem Herzen daneben, als die Cops die Böschung hinunterkletterten, wo ein roter Miata zerschmettert auf den Felsen lag. Ich konnte nur noch an Erica denken.

15

Bereits nach einer Minute war klar, daß niemand im Wagen eingeklemmt war, aber es fühlte sich an wie eine Ewigkeit. Für den Fall, daß der Fahrer aus dem Unfallfahrzeug geschleudert worden war, suchten die Beamten die Umgebung ab, dann kamen die meisten zurück an den Straßenrand, wo ich stand, unfähig mich zu bewegen.

„An der Beifahrerseite des Miata ist grüne Farbe, ganz wie die Farbe von diesem Caddy da hinten“, sagte Martha. „Ich glaube, der Mann hat die Wahrheit gesagt.“

„Und was ist mit den Nummerschildern?“ fragte ich.

„Sie sind beide da“, erwiderte Martha, ohne mir in die Augen zu schauen. Wenigstens hatte sie nachgesehen.

„Martha, ich glaube, das ist Ericas Miata.“ Ich zuckte mit den Schultern. „Er parkte am Hafen, und heute morgen habe ich ihn nicht mehr gesehen. Vielleicht hat sie ihn zur Lodge gefahren? Meinst du, Erica könnte...“

„Erica hat gestern abend ihr Zimmer nicht verlassen.“ Sie schnitt mir das Wort ab. „Sie kann in diese Sache nicht verwickelt sein, in keiner Weise, verstanden? Als ich sie heute morgen verließ, schlief sie noch.“

Mein Herz, das vor Angst gerast hatte, setzte aus. Es war, als hätte mich eben meine beste Freundin übers Ohr gehauen. „Oh“, sagte ich. „Na, Gottseidank, dann muß es ein anderer Miata sein.“ Meine Worte klangen wie von weit her, als würden sie in einem Tunnel gesprochen. Ich sah mich weggehen, meine Beine bewegten sich schneller und schneller, bis ich merkte, daß ich rannte.

„He! Cassie, warte!“ Martha schnappte mich am Ellbogen. „Langsam, verdammt, du blamierst mich.“

Ich wurde langsamer und ging neben ihr her, wandte mein Gesicht aber ab, weil ich nicht wollte, daß sie die Tränen sah.

„Würdest du mir bitte sagen, was in dich gefahren ist?“ fragte sie und griff wieder nach meinem Ellbogen.

„Hau ab“, sagte ich und stieß sie weg.

Erstaunte Stille.

„Hau ab?“ fragte sie schließlich verblüfft. „Du sagst *mir*, ich soll abhauen?“ Ihre Stimme wurde erheblich lauter. Ich ging einfach weiter und wünschte, sie würde umkehren. Sie hielt aber mit mir Schritt, das Schweigen zwischen uns wurde unerträglich. Schließlich blieb ich abrupt stehen.

„Das ist mein Problem, verstehst du? Du kannst schlafen, mit wem du willst. Ich habe einen Fehler gemacht, das ist alles. Es wird nicht wieder vorkommen. Tut mir leid, daß ich gesagt habe, du sollst abhauen. Wir sollten es einfach vergessen."

Martha starrte mich an, ihre großen braunen Augen blickten tödlich getroffen.

„Du meinst, ich habe mit Erica geschlafen? Ist es das? Du meinst, ich habe mit dieser Frau geschlafen, der ersten, für die du in drei Jahren das leisestes Interesse zeigst? Das glaubst du von deiner besten Freundin?" Ihre Stimme hatte gefährliche Dezibel erreicht, und wahrscheinlich würde sie mir gleich eine scheuern.

„Du hast es eben gesagt." Nun fing ich wirklich an zu weinen.

„Nein. Du hast es so gehört. Das ist der Schluß, den du gezogen hast. Ja, ich habe die Nacht bei Erica im Motel verbracht. Wir haben uns total betrunken. Die halbe Nacht verbrachten wir mit Reden. Über dich, du Arschloch. Die Frau ist völlig verknallt. Nicht in mich, du Trottel. In dich." Martha war so wütend, daß ihr Gesicht dunkelrot anlief und ihre braunen Augen blitzten.

Ich stand da und sah sie hilflos an, sie wandte sich zum Gehen. „Bitte geh jetzt nicht weg", flüsterte ich.

„Ich bin wirklich sauer auf dich, Kleine. Ich bin verletzt, verstehst du?" Sie stand mit dem Rücken zu mir, die Hände zu Fäusten geballt.

„Es tut mir wirklich leid, Martha. Ich schwöre es. Was soll ich sonst sagen? Ich bitte dich um Verzeihung."

Sie drehte sich um, und es brach mir das Herz, sie weinen zu sehen. Sie breitete die Arme aus, und ich umarmte sie, so fest ich konnte. So standen wir da, bis sich die

Passanten wunderten. Bis es uns einen Pfiff von einem ihrer Kollegen weiter unten an der Straße eintrug.

Schließlich löste ich mich. „Ihr habt wirklich über mich gesprochen?“ fragte ich und wischte mir mit dem Ärmel die Tränen vom Gesicht.

„Die ganze verdammte Nacht.“ Sie grinste. „Die Frau steht auf dich, Baby. Ich hoffe nur, du kommst mit dir ins Reine, bevor es zu spät ist. Zwei Tage hintereinander hast du echt Scheiße gebaut.“

„Ich weiß, tut mir leid. Es müssen die Hormone sein. Drei Jahre habe ich die verdammten Dinger ignoriert, und jetzt geraten sie plötzlich außer Kontrolle.“

Wir gingen zurück und sahen, daß unser Liebling, Sergeant Grimes, bei den anderen Beamten stand.

„Hör zu“, sagte Martha. „Geh lieber zu Erica und warne sie, daß ein Miata gefunden worden und Schnüffler Grimes aufgetaucht ist. Wenn sich herausstellt, daß es der ihre ist, dann gnade ihr Gott. Die Zulassung fehlt zwar, aber es wird nicht lange dauern, bis sie ihn identifiziert haben. Ich kann ihr ein Alibi geben, aber lieber wäre mir, ich müßte es nicht tun. Wenn selbst *du* den Schluß gezogen hast, daß wir miteinander geschlafen haben, kann ich mir vorstellen, was Grimes sich denkt.“

Mit dem Gefühl, ein Vollidiotin zu sein, aber gleichzeitig seltsam überdreht legte ich den ganzen Weg zur Cedar Hills Lodge im Laufschritt zurück, in der Hoffnung, daß es noch nicht zu spät und Erica noch dort war.

16

Ich dachte schon, ich hätte sie verpaßt, als schließlich eine derangierte Erica die Tür einen Spalt weit öffnete. Sie hatte unübersehbar einen riesigen Kater. Ihre Augen waren gerötet, ihr Haar stand nach allen Richtungen ab, aber sie war immer noch unglaublich schön.

„Du siehst entsetzlich aus“, sagte ich. „Was hat Martha mit dir gemacht? Hat sie versucht, dich unter den Tisch zu trinken?“

„Vielen Dank“, sagte sie, trat zur Seite und bat mich herein. Sie schlurfte zum Bett und plumpste nieder.

Sie bemerkte, daß ich sie anlächelte, und sah mich finster an. „Was?“ fragte sie.

„Du hast versucht, sie beim Trinken zu besiegen, nicht wahr?“

Als Antwort faßte sie sich mit beiden Händen an den Kopf und massierte ihre Schläfen.

„Ich habe das auch ein paarmal gemacht“, sagte ich. „Es klappt nie. Martha hat ein unglaubliches Fassungsvermögen für Essen und alkoholische Getränke. Dabei wird sie nie wirklich betrunken. Nur fröhlich. Laß mich das mal machen.“

Erica hatte begonnen, sich den Nacken zu massieren. Ich stellte mich hinter sie und knetete mit den Fingern die verhärteten Muskeln, strich über die verspannten Stellen, zum Kopf hinauf und wieder herunter, bis ich endlich spürte, wie sie sich entspannte. Die Berührung jagte elektrische Schauer durch meinen Körper, so daß ich mich beherrschen mußte, nicht aus der Fassung zu geraten.

„Besser?“ fragte ich.

Etwas wie Schnurren oder Trillern war die Antwort.

„Wegen gestern abend“, begann ich, aber sie griff nach meinen Händen und hielt sie umschlossen.

„Bitte sprich nicht mehr davon.“ Sie zog mich neben sich aufs Bett und legte ihre schlanken Finger um mein Gesicht. „Du hast dich geirrt und ich mich auch. Wir sind quitt. Vergessen wir es.“ Sie beugte sich vor und küßte mich leicht auf die Lippen. Riesige Schmetterlingsschwärme hoben ab und wollten mit meinem Herzen davonfliegen.

„Kannst dir nicht vorstellen, was für ein Gefühl du bei mir auslöst“, flüsterte ich.

„Pst!“ flüsterte sie zurück und zog mich an sich. Unsere Lippen, sinnlich und feucht, trafen sich in einem Kuß, wie ich noch keinen erlebt hatte. Mein Körper wurde von Lust geschüttelt, bis ich dem Fallgefühl nachgab, gegen das ich so lange gekämpft hatte.

Die Erleichterung war unbeschreiblich. Mit geschlossenen Augen zeichnete ich mit den Fingern ihr Gesicht nach, ihre vollen Lippen, strich über die weiche Haut ihres Nackens und schob meine Hand unter ihr warmes Frotteekleid.

Als ich ihren Nippel erreichte, die Handfläche über der samtenen Spitze, kam ein leiser Seufzer über ihre Lippen. Ich wollte von ihrem Mund nicht ablassen, aber plötzlich glitt ich nach unten, und meine Zunge umkreiste ihre Brüste, saugte erst an der einen, dann an der anderen, bis sie keuchte.

Einen Augenblick fürchtete ich, daß es schon zu Ende sei, aber Erica bewegte sich nun auf eine Art, die mich erzittern ließ, und ich wußte, wir hatten erst angefangen.

Während wir uns küßten, half ich ihr, mein Hemd aufzuknöpfen. Sie begann meine Brüste zu küssen, rollte mich auf den Rücken, und ihre Finger streiften geschickt meine Hose von den Hüften. Klar, das machte sie nicht zum erstenmal, aber es war mir eigentlich egal, denn heimlich lobte ich die Geliebte, die ihr beigebracht hatte, sich so zu bewegen, an meinem Bauch hinab zur Feuchtigkeit zwischen meinen Beinen.

Sie machte mit mir, was ich immer mit anderen gemacht hatte, und jeder mögliche Protest löste sich in meiner Lust auf.

Sie war überall, ich konnte mich nicht konzentrieren, wollte es auch nicht. Sie saß rittlings auf meinem Schenkel, ihre Finger bewegten sich rhythmisch. Wir bewegten uns im Gleichklang, furchtlos, nur auf uns selber achtend.

Was sanft begonnen hatte, wurde plötzlich heftig und fordernd. Wir nahmen einander mit kühner ungestümer Leidenschaft. Ich vergrub mich in ihr und kostete ihr warmes herbes Salzwasser auf der Zunge. Ich ertrank in ihr und genoß es. Sie ertrank mit mir.

Kein Teil ihres Körpers, den ich nicht erforschte, kein Teil meines Körpers, der nicht pochte vor Begehren. Jedesmal, wenn ich meinte, den höchsten Punkt erreicht zu haben, mit hämmerndem Herzen nach Luft schnappend, hielt sie kurz inne und fing dann quälend langsam wieder an sich zu bewegen.

Und wieder begann unser Tanz.

Ich hatte noch nie eine Frau gekannt, die Orgasmus auf Orgasmus mit mir hatte. Wußte selbst nicht, wie weit ich gehen konnte. Erica war anscheinend entschlossen, meine Grenzen zu überschreiten, und ich hatte nicht die Absicht, sie zu stoppen.

Schließlich war es Erica, die flüsterte: „Genug!“, nachdem wir einen gemeinsamen ekstatischen Orgasmus gehabt hatten. Ich sank auf sie nieder, unsere schwitzenden Körper aneinandergepreßt, unsere Herzen im Gleichklang. Ich vergrub mein Gesicht in ihrem Haar, atmete ihren unverhüllt sexuellen Duft und war glücklich wie nie zuvor.

Der schrille Ton einer Sirene erschütterte die Stille, schreckte mich auf und warf mich in die Realität zurück. Ich spürte, wie Erica mein Haar streichelte, ihre schlanken Finger meine Wangen herabglitten, meinen Nacken, meine Brust umkreisten, dann abwärts wanderten.

„Was ist los?“ fragte sie, als ich wegrückte.

„Mir fiel eben ein, warum ich hergekommen bin.“

„Soll das heißen, du bist nicht gekommen, um mich zu verführen?“ Ihre Augen lachten. Ich versuchte, etwas von ihrem Miata zu murmeln, aber die Worte verloren sich in einem so langen leidenschaftlichen Kuß, daß, als er vorüber war, unsere beiden Körper wieder schweißgebadet, unsere Kehlen von den Schreien rauh und unsere Nerven so sensibel waren, daß die leiseste Berührung uns sofort wieder zum Höhepunkt gebracht hätte.

Schließlich war es Erica, die uns aus der verrückten Leidenschaft riß, indem sie aus dem Bett stieg, um ein Glas Wasser zu holen.

„Ich glaube, wir haben eben das Heilmittel gegen Kater gefunden“, sagte sie lachend.

„Wenn das so ist“, erwiderte ich, „wollen wir uns jeden Tag betrinken.“

Sie lachte wieder, und ihre tiefe sinnliche Stimme durchdrang mich wie warmer Honig. „Was war mit meinem Miata?“ Sie stieg wieder ins Bett und reichte mir ein Glas Wasser, das ich in großen Schlucken leerte.

Ich zwang mich aufzusitzen. Meine Muskeln waren wie Gelatine, so daß ich die Arme verschränken mußte, um mich zusammenzuhalten. Mein Inneres war quicklebendig, doch meine Extremitäten zitterten beträchtlich. Ich erzählte ihr von den morgendlichen Ereignissen, wobei ich mich mehr oder weniger erfolgreich bemühte, sie nicht zu berühren, begann mit dem, was ich von Jess über die Festung erfahren hatte, wie ich Dunk bei McGregor eingeschüchtert hatte, und endete mit den beiden im Straßengraben gefundenen Autos. Nach einigem Zögern erzählte ich ihr auch von der Szene mit Martha, die sie überaus amüsant fand.

„Habt ihr euch denn noch nie gestritten?“ fragte sie.

„So noch nie. Ich war völlig außer mir.“

„Weil du dachtest, sie hat mit mir geschlafen?“ Sie streichelte meine Wange.

„Ja“, sagte ich schließlich. „Weil ich dachte, sie hat mit dir geschlafen.“

Sie küßte mich aufs Ohr.

„Ich hatte das Gefühl, von meiner besten Freundin bestohlen worden zu sein. Ich habe einfach überreagiert.“

„Du neigst dazu“, sagte sie und küßte meine Wange. „Aber ich bin froh, daß du dieses Gefühl hast. Wenn ich nicht nachsehen müßte, ob mein Auto noch da steht, wo ich es geparkt habe, würde ich dir gern eine Stunde lang von meinen Gefühlen erzählen.“ Sie gab mir einen Kuß auf die Stirn, stand auf und ging in die Dusche. Ich folgte ihr.

Wir waren schnell angezogen, aber als ich auf die Uhr sah, war ich überrascht, wieviel Zeit vergangen war. Fast drei Uhr nachmittags. Eilig verließen wir das Motelzimmer und gingen schnurstracks zum Parkplatz, wo Erica feststellte, daß ihr roter Miata weg war.

„Ich muß es wohl melden", sagte sie traurig. „Ich habe nicht einmal die Alarmanlage eingeschaltet, weil ich nicht auf den Gedanken kam, daß er mir in Cedar Hills gestohlen werden könnte."

„Grimes, dieser Idiot, denkt vielleicht, du hättest den alten Herrn von der Straße abgedrängt. Wir müssen zuerst mit Sheriff Booker sprechen. Im Gegensatz zu Martha glaube ich immer noch an eine Verbindung zu den anderen Verbrechen."

„Du meinst, wer immer das Auto genommen hat, wußte, daß es mir gehört?" fragte sie. „Vielleicht wollen sie mir den Tod meines Onkels anhängen, indem sie mich in diese Sache verwickeln?"

„Oder sie haben uns beide zusammen herumlaufen sehen und versuchen, uns einzuschüchtern."

„Oder sie haben einfach den heißesten Ofen in der Stadt mitgehen lassen", sagte sie mit angestrengtem Lächeln. In Anbetracht dessen, daß eben ihr Auto gestohlen, in ein Verbrechen verwickelt und zerstört im Staßengraben gelandet war, hielt sie sich sehr gut, dachte ich.

„Los", sagte ich, „gehen wir zu mir. Ich will sehen, ob Tom Booker zurückgerufen hat, und für dich ist es im Moment wohl besser, wenn man dich nicht hier herumhängen sieht. Wir sollten ihm zumindest vorher erzählen, was passiert ist. Grimes wäre imstande, dich zu einem zweiten Detektortest zu vergattern."

17

Es war einer dieser Sonntage, an denen die Sonne in schimmernden Wellen auf das blaue Wasser brennt. Segelboote, Fischerboote, Wasserskifahrer und Rennboote durchpflügten das Wasser und hinterließen weiße Gischt. Zu gern hätte ich den Rest des Tages ganz gemütlich mit Erica auf dem See verbracht, hätte ihr die Plätze gezeigt, die ich gefunden hatte, und neue mit ihr entdeckt. Statt dessen rasten wir nach Hause.

Sobald ich anlegte, wußte ich, daß jemand hier gewesen war, denn auf dem Steg war Wasser von einem Schiffstau. Wir hatten den Besucher also knapp verpaßt. Den Sheriff vielleicht, dachte ich, oder Sergeant Grimes.

Als ich die Veranda erreichte, wußte ich, daß etwas nicht stimmte. Die Glasschiebetür stand weit offen, und die Katzen begrüßten mich nicht wie sonst. Sie waren wohl hinter dieser unbekannten Person hinausgegangen.

Ich ging vorsichtig hinein, auf Anzeichen von Einbruch gefaßt, aber alles schien an seinem Platz. Ich sah in alle Zimmer und versuchte die im Nacken hochsteigende Angst zu ignorieren.

„Cass! Hierher!" Ericas Stimme aus dem Bad erschreckte mich.

Quer über den Badezimmerspiegel stand mit roter Farbe in häßlicher Schrift gesprüht: „Zwei Pussies weniger zu streicheln." Die Buchstaben glänzten noch feucht. Darunter war ein großes Hakenkreuz und ein Smiley-Gesicht gemalt, von dessen zahnlosem Grinsen die Farbe tropfte wie Blut.

Wohl wissend, daß es vergeblich war, begann ich wie verrückt nach Gammon und Panic zu suchen. Ich suchte unter Betten, in Schränken und draußen. Ich rief immer wieder ihre Namen, sah sogar im Schuppen nach und kämpfte dabei fortwährend mit den Tränen. Aber ich konnte sie noch nicht verloren geben. Nicht, solange es die Chance gab, daß meine Kätzchen noch am Leben waren. Diese Mistkerle waren eben erst gegangen, und ich ahnte, wohin. Kein Zweifel, die verrückten Naziärsche hatten etwas Hinterhältiges und Gemeines im Sinn.

Wieder im Haus winkte mich Erica zu sich ans Telefon, wo sie meinen Anrufbeantworter abhörte. „Cass, hör dir das an."

Sheriff Bookers rauhe Stimme kam vom Band. „Nehmen Sie ab, wenn Sie da sind. Nun, Sie sind es wohl nicht. Hören Sie, ich habe die Nachricht bekommen, überstürzen Sie nichts. Bitte unternehmen Sie nichts, bevor wir miteinander geredet haben. Ich habe Nachforschungen angestellt. Sie haben mich auf den Gedanken von Gruppenmord gebracht. Das ist nicht so ungewöhnlich, wie Sie meinen. Manson hatte Leute, die für ihn getötet haben. Andere auch. Fast immer gibt es einen starken Führer, zu dem die anderen aufblicken. Wie zu einem Idol. In manchen Fällen sind sie nur zu zweit, einer dominiert, der andere gehorcht. Aber die Gruppe kann auch wachsen. Denken Sie an Jonestown und die Gruppe in Waco, Texas. Wenn das Morden einmal anfängt, gerät es oft außer Kontrolle, wie ein Feuer. Vielleicht ist das hier auch so." Er machte eine Pause und seufzte schwer. „Nun, ich habe mit dem jungen Pinkerton gesprochen und muß sagen, der Junge macht mir angst. Einmal völlig cool, dann wieder kurz vorm Explodieren. Bislang habe ich aber nichts Konkretes, das ihn mit einem der Verbrechen in Verbindung bringt. Ich werde noch mit diesem Dunk sprechen, wie Sie vorschlagen. Was auch immer dabei herauskommt, ich habe das Gefühl, daß die Sache kurz vor dem Platzen ist. Übrigens, laut Autopsiebericht ist Trinidad erstochen worden, womöglich mit dem gleichen Messer, das zum Abtrennen seines Penisses benutzt wurde. Sieht aus, als wäre er nicht ertrunken. Oh, noch etwas, Cass. Betty Beechcomb hat gestern abend die Polizei gerufen. Ihr Mann sei ausgerastet und bedrohe sie mit dem Schlachtermesser. Als die Streife kam, war Ed Beechcomb verschwunden und ist es immer noch. Ich habe Grimes erzählt, was Sie über Bettys Affäre mit Trinidad gesagt haben, er läßt Ed suchen."

Der Piepton ertönte und schnitt ab, was immer er noch sagen wollte. Nun, dachte ich mit Wut im Bauch, Beechcomb mag Trinidad umgebracht haben, aber totsicher war er nicht derjenige, der eben meine Katzen gekidnappt hatte.

Plötzlich kamen mir die Behälter mit Formaldehyd in den Sinn, und meine Kiefer preßten sich so fest zusammen, daß ich Blut schmeckte.

Ich wählte die Nummer vom Büro des Sheriffs. Diesmal war nicht der Anrufbeantworter dran, sondern Doris, seine Sekretärin, was mich an einem Sonntag denn doch verwunderte.

„Hier spricht Cassidy James", sagte ich. „Wie kann ich den Sheriff erreichen?"

„Oh, Sie sind die Detektivin, mit der er zuammenarbeitet. Ich habe das Gefühl, Sie zu kennen, soviel habe ich in den letzten Tagen von Ihnen gehört. Leider hat der Sheriff gebeten, nur im äußersten Notfall gestört zu werden. Er ist draußen bei einem Fall. Kann ich ihm etwas ausrichten?"

Ich kannte Doris nicht und ging davon aus, daß alles, was ich ihr erzählte, der nächstbesten Person, die ihr über den Weg lief, weitergesagt wurde. „Sagen Sie ihm nur, er soll mich anrufen, sobald er zurückkommt", bat ich und raste dann mit einer Wut, die ich bisher an mir nicht kannte, in mein Schlafzimmer.

18

„Was hast du vor?" fragte Erika und folgte mir den Flur entlang.

„Ich hole meine Jacke", sagte ich. „Dann suche ich die Festung, von der Jessie mir erzählt hat."

„Willst du nicht lieber auf den Sheriff warten, Cassie?" fragte sie mit Sorgenfalten auf der Stirn. „Er hat gesagt, du sollst nichts überstürzen, ich habe es gehört."

„Ja, schon gut, verdammter Mist", sagte ich und ließ meine Wut unfairerweise an Erica aus. Ich streckte die Hand aus und berührte ihre Wange, bat stumm um Verständnis. „Meinen Katzen darf nichts passieren", sagte ich ein wenig ruhiger.

„Du weißt nicht sicher, daß sie es waren", sagte sie. Die folgende Stille bewies, daß wir beide es wußten. „Was ist, wenn sie dort sind? Du kannst das nicht einfach allein machen. Diese Kerle sind wahnsinnig! Ich finde, du solltest warten und die Sache der Polizei überlassen."

Ich griff in den Schrank und nahm die .38er aus dem Halfter, das neben meiner Tasche hing. Ich trug beide etwa gleich oft, das heißt fast nie. Ich schob die Pistole in den Bund meiner Hose, wie Martha es mich gelehrt hatte, und ließ die Jacke lose darüber fallen. Als ich mich umdrehte, starrte Erica mich mit offenem Mund und großen Augen an.

„Cassie, das genügt. Laß die Polizei das erledigen." Ihre Brauen waren gerunzelt.

„Keine Sorge, Erica." Ich zog den Reißverschluß meiner Jacke hoch. „Keine Zeit, auf die Polizei zu warten. Es geht um meine Katzen, ich gehe und hole sie."

„Ich entziehe dir den Fall", sagte sie und versperrte mir die Tür.

„Was?"

„Du hast mich gehört. Ich habe dich angeheuert, und nun bist du gefeuert. Ich entziehe dir den Fall."

„Es geht nicht mehr um deinen Onkel, Erica. Es ist mein Fall. Bitte laß mich vorbei." Ich drückte sie leicht am Arm, aber sie hielt stand und blockierte den Weg.

Wir standen da und starrten einander lange an. Schließlich trat sie zur Seite und ließ mich durch.

„Wenn ich in zwei Stunden nicht zurück bin, ruf Martha und den Sheriff an", sagte ich.

Sie folgte mir hinunter zum Steg. „Ich komme mit", erklärte sie.

Der Ausdruck in ihren Augen sagte mir, daß Widerspruch zwecklos war. Ich mochte ihrem Blick einmal standgehalten haben, ein zweitesmal würde Erica Trinidad mich nicht gewinnen lassen.

Ich sprang in mein Boot und überließ es Erica, uns loszubinden. Sie setzte sich neben mich, und schweigend brausten wir hinüber zum öffentlichen Anleger.

Als wir in ankamen, war es kurz vor fünf. Ungesehen durch die Stadt zu kommen, war der schwierigste Teil. Inzwischen suchte die Polizei wohl nach Erica, weil sie dachte, sie hätte mit dem Unfall ihres Miata zu tun.

An diesem schönen Tag schienen alle draußen zu sein. Wir taten, als gingen wir ein wenig spazieren, lächelten und nickten im Vorübergehen bekannten Gesichtern zu. Wir überquerten die Main Street, gingen am Supermarkt vorbei, an Jess Martins Haus, der Bar, dem Getränkeladen, dem Imbißstand, der aufgelassenen Tankstelle und der Kirche.

Unmittelbar hinter der Kirche bogen wir nach Osten ab, wie die kleine Jessie gesagt hatte.

Verschindelte grün und rosa gestrichene Häuser reihten sich an der baumbestandenen Straße. Hunde schlugen an, als wir vorbeigingen, und Fernsehgeräusche drangen durch offene Haustüren. Rasenmäher und Jätmaschinen knatterten, und dann und wann wehte der Duft von Gegrilltem heran.

Cedar Hills an einem Sommersonntag. Ich hätte es genossen, wäre ich nicht wegen meiner Katzen so besorgt gewesen.

Plötzlich endete der Asphalt und wurde zu grauem Kies. Wir stapften mühsam weiter. Bald wurde aus dem Kiesweg ein Trampelpfad, und an dieser Stelle nahm ich Jessies Karte heraus. Wir befanden uns nur etwa eine halbe Meile außerhalb der Stadt, aber schon außer Hör- und Sehweite der Zivilisation.

„Hier ist es." Ich zeigte auf eine alte rostige Bierdose, die auf einem Pfosten stand. Wir schoben uns durch das dichte Unterholz und suchten nach dem Pfad, der Jessie zufolge auftauchen würde. Ich dachte schon, wir hätten ihn verpaßt, als wir unvermittelt auf einer Lichtung standen. Deutlich zu sehen: Ein schmaler Weg führte aus dem Gebüsch an einem trockenen Flußbett entlang.

„Willst du nicht doch zurückgehen und den Sheriff rufen?" fragte Erica.

Ich nahm ihre Hand, und Seite an Seite gingen wir den schmalen Pfad entlang, getrieben von einem schrecklichen Gefühl der Gefahr.

Von da an brauchte ich nicht mehr die Karte zu konsultieren, weil der Pfad zu einem Felsvorsprung hinaufführte, den wir schon aus der Entfernung sahen. Ich war froh, daß ich gut in Form war, denn der Aufstieg war ziemlich steil. Als wir den Hügel erklommen hatten, mußten wir nur nach Süden abbiegen, und vor uns lag die dunkle Öffnung des Eisenbahntunnels. Unmöglich zu sagen, wie lang er war, denn er ging um die Kurve, und vom anderen Ende drang kein Licht in die Schwärze. Der Tunnel schien kaum breit genug für einen Zug, geschweige denn für zwei Körper, aber ich ging langsam voran und drückte Ericas Hand.

„O Gott", flüsterte sie, ihre Stimme hallte von den Felswänden wider. „Ich hoffe wirklich, du hast recht, und dieser Tunnel wird nicht mehr benutzt." Ich hatte ein wenig geschwindelt. Warum sollten wir uns unnötige Sorgen machen?

Anfangs erhellte das Licht vom Eingang den Weg, doch als sich unsere Augen an das Dunkel gewöhnt hatten, schien sich die Öffnung zu entfernen, und bald tasteten wir uns an den Wänden entlang. Wir kamen nur langsam voran, Schritt für Schritt, gingen seitlich wie Krabben, wobei wir uns Ermutigungen zumurmelten.

Wir waren schon fast an der Stelle, wo der Tunnel eine Kurve machte, als ich ein schwaches Vibrieren unter den Füßen spürte. Erst glaubte ich an eine durch Angst verursachte Einbildung, aber das Zittern wurde stärker, und als dann Erica ihre Nägel in meine Handfläche grub, bebte die Erde.

Der Zug war noch nicht in den Tunnel eingefahren, da vibrierten bereits die Wände. Wir preßten uns dagegen, weil wir wußten, daß in wenigen Sekunden der Zug auf uns zu rasen würde. Ein ohrenbetäubender Pfeifton durchschnitt die Finsternis, und ich meinte, auch Erica schreien zu hören, war mir aber wegen des donnernden Zuges nicht sicher.

„Halt dich fest!" rief ich, meine Stimme ging im Dröhnen der heranbrausenden Bahn unter. Der Zug kam um die Kurve, die Scheinwerfer blendeten uns, und eine Sekunde später war er da. Als er an uns vorüberraste, bebte die Erde so heftig, daß wir uns kaum aufrecht halten konnten. In meinem Mund mischte sich der Geschmack des glühenden Metalls mit der metallischen Bitterkeit der Angst. Die Hitze war unerträglich, der Sturm, der an unseren Kleidern riß, kühlte kaum. Gegen die Tunnelwand gedrückt, faßten wir uns an den Händen. Ich schloß die Augen, die Luft wurde aus meinen Lungen gesaugt. Es schien kein Ende zu nehmen, und selbst als der Zug endlich vorbei und wir erstaunlicherweise noch am Leben waren, dröhnte es weiter in meinen Ohren, und meine Glieder zitterten. Wir bewegten uns erst, als die Gleise nicht mehr vibrierten.

Erica ließ meine Hand los und versetzte mir einen Schlag auf den Arm. Das tat weh, aber nicht so sehr wie die Abdrücke, die sie in meiner Handfläche hinterlassen hatte. „Ich hasse dich", brüllte sie und schlug mich noch einmal. „Du hast mich schlicht angelogen, stimmt's? Ich habe mir beinahe in die Hose gemacht!"

„Ich habe mir in die Hosen gemacht", sagte ich, „aber nur ein bißchen."

Das brachte sie zum Glucksen, und dann lachten wir beide. Wieder schob ich mich seitwärts an der Wand entlang und tastete mit immer noch zitternden Fingern nach dem Weg. Ich fürchtete mich längst nicht mehr so sehr. Die Wahrscheinlichkeit, daß ein weiterer Zug folgte, war gering. Trotzdem trödelten wir nicht, und bald drang Tageslicht in das vor uns liegende Ende des Tunnels.

Ich blinzelte in das grelle Licht, froh, den Tunnel hinter mir zu haben. Mein Herz hämmerte immer noch, wir lehnten uns gegen einen Baum und rasteten eine Weile, während ich einen letzten Blick auf Jessies Karte warf. Die Festung lag hinter einem Hügel, war aber, wie sie gesagt hatte, von unserem Standpunkt aus verdeckt. Wir stiegen den Hügel hinauf und lauschten. Vögel waren zu hören und das Rauschen der Bäume im Wind, sonst nichts.

„Bleib hier", flüsterte ich Erica zu. „Laß mich vorgehen. Wenn alles klar ist, komme ich dich holen. Wenn es ein Problem gibt, lauf, so schnell du kannst, um Hilfe. Verstanden?"

„Durch den Tunnel?" fragte sie. Ich antwortete nicht, und schließlich nickte sie. Ihre Augen waren weit aufgerissen, aber klar.

Geduckt erklomm ich den Hügel, und da stand, von einer Baumgruppe verdeckt, die Festung. Mein Puls beschleunigte sich. Ich stand völlig starr und lauschte auf Anzeichen von Aktivität. Ich hörte nichts. Vorsichtig ging ich weiter.

Die Festung war eine Holzkonstruktion, von der Forstbehörde in jener Zeit errichtet, als in dieser Gegend noch Holzwirtschaft betrieben wurde. Von der Größe der jungen Bäume zu schließen, war das Gebäude seit über zwanzig Jahren nicht mehr benutzt worden. Es hatte nur einen Raum, einen Holzboden, Fenster an beiden Seiten und einen Kamin aus groben Steinen, der durch das Dach ragte. Eine warme Zuflucht für müde Holzfäller. Ein nettes Versteck für gelangweilte Jugendliche.

Das Glas war aus den Fenstern gebrochen, ob durch Schneesturm, Vögel oder Vandalismus, sei dahingestellt. Aber die Tür hing noch in den Angeln und stand leicht offen. Ich zog meine Pistole aus dem Bund, hielt sie mit beiden Händen nach oben und stieß die Tür auf. Ich zählte bis drei und ging hinein, wobei ich mich polizeimäßig geduckt hielt und mit der Waffe in alle Richtungen zielte, bis ich mich überzeugt hatte, daß der Raum leer war.

Leer war nicht das richtige Wort. Die Jungen hatten sich regelrecht eingenistet. An den Wänden stapelten sich Kisten mit alkoholischen Getränken, Zigaretten und Lebensmitteln. *McGregors* stand auf jeder Kiste, und ich bezweifelte, daß die Burschen Kassenzettel für die Waren hatten. Selbstverständlich schmückten Heavy Metal-Poster die Wände, aber auch Bilder von Frauen in Fesseln und mehrere Hitler-Bilder mit dem berühmten Gruß. In einer Ecke lagen Zeitschriftenbündel, deren Inhalt leicht zu erraten war. Eine Holzkiste stand mit der Öffnung nach unten in der Mitte des Raumes, umgeben von Liegestühlen, mit einem riesigen Cassettenrecorder als Tafelaufsatz.

Ich hörte meine innere Stimme schreien: „Meine Katzen sind nicht da! Meine Katzen sind nicht da!“

Ich war mir so sicher gewesen, daß die Jungen meine Katzen mitgenommen und hierher gebracht hatten. Ich hatte mir Gefäße mit Formaldehyd vorgestellt, in denen die Lieblinge anderer Leute schwammen. Wenn ich nur schnell genug wäre, könnte ich meine Kätzchen retten, hatte ich gedacht. Nun wußte ich nicht, was tun.

Ich wandte mich zum Gehen, wobei ich ein Niesen unterdrückte, das mich seit dem Eintreten gekitzelt hatte. Der Raum war staubig, aber da war noch etwas anderes. Ein unangenehmer Geruch. Etwas Bekanntes. Plötzlich setzte mein Herz aus. Der Geruch, den ich in der Nase hatte, *war* Formaldehyd!

Ich ging durch den Raum, spähte in den Kamin, sah in die Kisten, fand aber nichts. Hatten sie es mitgenommen? Hatte ich sie mit meinen Fragen verunsichert? Ich starrte angestrengt nachdenkend vor mich hin. Da fiel mein Blick auf das gerahmte Hitler-Bild an der Wand. Die anderen Bilder hatten keine Rahmen. Sie waren einfach mit Reißzwecken an der Wand befestigt. Ich näherte mich dem Hitler, der Formaldehydgeruch wurde immer stärker. Vorsichtig hob ich das Bild von den beiden Nägeln, an denen es hing. Dahinter war ein eingebauter Schrank mit drei offenen Regalen. Und auf den Regalen lag genügend hartes Beweismaterial, um jemanden für lange Zeit hinter Gitter zu bringen.

Unter den sorgfältig ausgebreiteten Schätzen waren mehrere kalifornische Nummernschilder, das vermißte Schild der Hendersons, eine Brieftasche und das Suchbild eines Mädchens, das seit Sommeranfang vermißt wurde. Damals hatte man angenommen, sie sei von zu Hause ausgerissen, aber als ich ihr Foto neben den anderen Gegenständen sah, zweifelte ich, daß sie noch am Leben war.

Die Gegenstände lagen in Gruppen beisammen, ein Muster konnte ich aber nicht erkennen. Dazwischen standen mehrere Gefäße mit Formaldehyd, eines mit offenem Deckel, weshalb ich es vielleicht gerochen hatte. Im ersten Glas war etwas Faustgroßes, und als ich genauer hinsah, würgte es mich. Direkt unter der Oberfläche schwamm der perfekt konservierte Kopf einer Siamkatze. Als ich sah, daß ein paar Gläser noch leer waren, dachte ich an meine Katzen, und der Knoten im Magen wurde größer. Angeekelt konnte ich mich nicht enthalten, die anderen Gefäße näher zu betrachten. In einigen schwammen unkenntliche Brocken. Als ich zum letzten Glas kam, machte mir die Erkenntnis, daß ich in bezug auf Walter Trinidad recht gehabt hatte, keine Freude. In der klaren Flüssigkeit schwamm sein kleines verschrumpeltes, von Betty Beechcomb geschmähtes Anhängsel. Der Brechreiz, gegen den ich angekämpft hatte, drang schließlich an die Oberfläche, und ich fürchtete, in Ohnmacht zu fallen, wenn ich nicht auf der Stelle an die frische Luft kam.

„Gefunden, was du suchst?“ Ich drehte mich um und blickte in die höhnischen blauen Augen Alan Pinkertons, der mit seinem Riesenkörper den Eingang blockierte. Er trug eine große Pappschachtel. Ohne Zögern hob ich die .38 und zielte auf einen Punkt direkt zwischen den teuflischen Augen. Die Reaktion war unerwartet. Er lachte.

19

„Du warst ein fleißiger Junge, Alan“, sagte ich und versuchte die Hand ruhig zu halten. Ich bemerkte mit geringer Befriedigung, daß seine Jacke einen kleinen Riß am Ärmel hatte. „Nimm die Hände hoch, sofort.“

Er machte einige Schritte auf mich zu, sein Lächeln war noch furchterregender als seine Augen. „Moment mal.“ Er setzte die große Schachtel ab, hob den Deckel und griff hinein, was einen Chor erbärmlichen Miauens auslöste. Mein Herz zuckte zusammen, als er aufstand und in der einen Hand Panic, in der anderen Gammon hochhielt. Seine dicken Finger umfaßten ihre zerbrechlichen Hälse, und er hielt sie mit ausgestreckten Armen, so daß ihre Pfoten wild durch die Luft ruderten. Er lachte wieder und verstärkte den Druck auf ihre Hälse, worauf sie aufhörten zu miauen und ihre Augen vor Schreck immer größer wurden.

Meine Hand zitterte, als ich den Finger fester um den Abzug legte.

„Alan! Für mich ist es egal, ob ich dich jetzt erschieße oder ob ich dich leben lasse, bis der Sheriff da ist. Du hast die Wahl. Setz die Katzen ab und nimm deine verdammten Hände in die Höhe!“

Er hob beide Arme, preßte die Hände stärker um die Katzenhälse und wirbelte sie in der Luft herum, wobei er wie ein Revuegirl mit den Hüften wackelte. Er kam tänzelnd auf mich zu, ich senkte meine Pistole und zielte unter seine Gürtellinie. Noch nie hatte ich jemanden verletzen, geschweige denn töten wollen. Aber in dem Augenblick wußte ich, daß ich fähig war, einen Mord zu begehen.

„Nimm die Pistole runter, Miststück, schön langsam", sagte eine Stimme vom Eingang her. Doug Martin stand in der Tür und hielt eine Pistole an Ericas Schläfe. Seine linke Hand umfaßte grob ihre Brust.

„Los!" schrie er. „Laß die Knarre fallen!" Ich beugte mich vor, legte meine Pistole auf den Boden und stieß sie weg. Sie rutschte über den Holzboden und kam an den Flaschenkisten zum Halten.

„Dougie", sagte ich. „Laß sie los. Sie hat nichts damit zu tun. Sie hat nichts gesehen. Sie wohnt nicht einmal hier. Heute fährt sie wieder weg." Es war schwer, das Zittern aus meiner Stimme zu halten.

„Wird ihr schwer fallen, schließlich ist ihr nettes kleines Auto verschwunden", sagte Pinkerton lachend. Gammon und Panic fingen an zu röcheln. Erica sah ihn drohend an, aber ich konnte sehen, daß sie entsetzliche Angst hatte. Wie ich.

„Dougie, bring dich nicht noch mehr in Schwierigkeiten." Ich griff nach einem Strohhalm. „Der Sheriff weiß, daß Pinkerton hinter allem steckt. Du bist nur ein Mitläufer und noch keine achtzehn. Sie werden dich schonen."

Dougs Lachen war rauh und häßlich. Mehr ein Schnauben als ein Lachen. „Pinkerton soll der Kopf sein? Das glaubst du? Dann bist du noch dümmer als er."

Ich sah zwischen Doug und Alan hin und her. Zu spät merkte ich, daß Jess' Sohn der Führer der kleinen Bande war. Alan starrte ihn an, fast ehrfürchtig. Er war eben von ihm als dumm bezeichnet worden, und er sah zu ihm auf wie ein treuer Hund.

„Gut“, sagte ich im Versuch, ihn zu beschwichtigen. „Ich verstehe, du bist der Boss. Ein Grund mehr, aufzuhören, bevor jemand verletzt wird.“

„Bevor jemand verletzt wird.“ Pinkerton äffte mich im Falsett nach und fuchtelte mit den Katzen vor meinem Gesicht herum. Ich las aus ihren schmerzverzerrten Mienen, daß Pinkerton nah daran war, sie zu erwürgen.

„Nimm die verdammten Viecher runter“, befahl Doug. „Wir gehen mit den Weibern raus und machen sie alle.“

Alan setzte die Katzen vorsichtig, fast liebevoll in die Schachtel zurück. Ich sah, daß er an seinem Gürtel ein Messer trug. „Brave Miezekätzchen“, murmelte er und schloß den Deckel. „Wartet nur. Später machen wir ein nettes kleines Spiel miteinander. Ihr mögt doch Feuerwerk?“ Er ging zu den offenen Regalen und stellte die Schachtel neben das Schild der Hendersons und eines der Nummernschilder. Plötzlich dämmerte mir, wie sie die Objekte geordnet hatten. Das Nummernschild und das Henderson-Schild gehörten Alan. Es waren seine Verbrechen, seine Trophäen. Ich schauderte bei dem Gedanken, daß Gammon und Panic seine nächsten Opfer würden.

Ich blickte zu dem größten Stapel, der das Foto des vermißten Mädchens enthielt, mehrere Nummernschilder, das Glas mit Trinidads Penis und etwas auf ein Brett Genageltes, das bestürzend einem Nippel glich. Ich ging hin, hoffte, daß sie meine schrecklich schlotternden Knie nicht bemerkten, und hob das Glasgefäß hoch.

„Das muß dein Werk sein, eh, Dougie? Der größte Haufen. Du mußt den anderen wohl ein Beispiel geben. Dunk fällt anscheinend zurück.“

„Stell es hin“, sagte Doug. Er schob Erica in den Raum, die Pistolenmündung noch immer an ihren Kopf gepreßt.

Ich schüttelte das Glas und heuchelte Interesse an der kreisenden Bewegung des abgeschnittenen Penis. „Warum er?“ fragte ich. „Oder war er nur ein Zufallsopfer wie die anderen?“

„Ich sagte, stell es hin.“ Er hatte zu diesem Schatz offensichtlich eine besondere Beziehung. Ich bemerkte ein deutliches Gefühl in seiner Stimme.

„Ich stelle es hin“, sagte ich, „wenn du mir sagst, warum. Das bist du mir schon schuldig. Schließlich war er Ericas Onkel.“

„Der Bastard war ein Schwanz!“ sagte Doug mit erhobener Stimme.

„Und das ist alles, was von ihm übrig ist! Ein winzig kleiner Schwanz“, kicherte Alan. Das war eine interessante Seite an Alan Pinkerton. Seine eng zusammenstehenden Augen blitzten. Er schien total übergeschnappt. Anders, roh und gemein mochte ich ihn lieber.

„Warum warst du so wütend auf ihn, Dougie. Wütend genug, um ihn zu erstechen, wütend genug, um ihm den Penis abzuschneiden?“

„Los, Dougie, erzähl's ihr“, sagte Pinkerton.

„Ich heiße Doug“, sagte Doug drohend. „Nicht Dougie. Doug. Kapiert?“ Alan nickte, seine gute Laune war dahin. „Nun, jetzt ist es wohl egal“, fuhr Dougie fort. „Das Arschloch nannte uns einen Haufen Schwule. Das ist alles. Er kotzte mich an. Leute, die mich ankotzen, leben gefährlich. Wie du zum Beispiel. Du kotzt mich immer mehr an. Stell jetzt das verdammte Glas hin, sofort!“

Ich stellte das obszöne Gefäß behutsam zu Dougies Stapel.

„Gut, er hat dich also geärgert“, sagte ich. „Aber Trinidad war ein großer Mann. Nichts für ungut, Dougie, aber du bist eher von der kleineren Sorte. Wie hast du es gemacht?“

Doug warf sich in die Brust, die Beleidigung rötete sein Gesicht. „Ich habe eben meinen Kopf angestrengt. Ich habe ihm die Brieftasche geklaut. Dann rief ich ihn an, sagte, ich hätte sie gefunden und wollte sie zurückgeben. Wir verabredeten uns draußen am Cedar Point. Er rauschte mit seinem ekelhaften türkisen Boot an, stieg aus und kam zu mir auf den Felsen. Ich gab ihm die Brieftasche, und er sah als erstes nach, ob das Geld noch drin war. Was für ein Idiot! Als würde ich sein Geld stehlen und ihn dann anrufen und die Brieftasche zurückgeben! Jedenfalls hatte er den verdammten Nerv, mir einen Dollar Finderlohn auszuhändigen. Ich tat, als wäre ich dankbar, und als er sich zum Gehen wandte, erstach ich ihn. Du hättest sein Gesicht sehen sollen, als er sich umdrehte. Ich mußte nur zweimal zustechen. Natürlich wäre es besser gewesen, wenn er noch am Leben gewesen wäre, als ich ihm den Schwanz abschnitt. Aber auch so war es ziemlich eindrucksvoll.“

Ich versuchte die Fassung zu bewahren. Er würde das alles nicht gestehen, wenn er damit rechnete, daß wir es dem Sheriff erzählen könnten. Er wollte uns vorher umbringen. Trotzdem wollte ich ihn am Reden halten. „Was ist mit dem Boot, Dougie, warum hast du es zurückgebracht?“

„Aus Spaß“, sagte er. „Um die Leute auf eine falsche Fährte zu locken. Ich dachte nicht, daß man ihn so bald finden würde.“

„Warum bist du dann in sein Haus gegangen?“

„Oh, das. Hätte ich gewußt, daß die hier" – er tätschelte Ericas Brust beinahe liebevoll – „im Haus war, hätte ich sie auch umgelegt. Eigentlich suchten wir nach Geld. Der Scheißkerl wedelte den Leuten immer damit vor dem Gesicht herum, deswegen dachten wir, er habe es irgendwo versteckt. Wir fanden aber nichts. Ich hinterließ alles schön sauber und ordentlich. Was willst du noch wissen?" Sein übles Grinsen sagte mir, daß ihm egal war, wie lange ich ihn noch hinhielt. Schließlich würde er doch tun, was ihm paßte. In ihrer Schachtel auf dem Regal fingen meine Kätzchen wieder an zu miauen, und das Herz wurde mir bleischwer.

„Ich verstehe die Sache mit den Hendersons", sagte ich und unterdrückte meinen Schmerz. „Alan war wütend auf Mary, weil sie nicht mit ihm ausgehen wollte. Aber warum der alte Mann in dem Cadillac? Was hat er euch getan?"

„Du kapierst immer noch nichts, stimmt's?" höhnte er. „Kalifornier sind gute Beute."

„Du hast ihn von der Straße abgedrängt, weil er aus Kalifornien kam?" fragte ich ungläubig.

„Er ist zu langsam gefahren. Ich und Alan hatten eben den Wagen deiner Freundin ausgeliehen. Er war ja auch nicht abgesperrt. Wir wollten nur eine kleine Spritztour machen und ihn dann irgendwo stehenlassen. Sie sollte merken, daß sie in dieser Stadt nicht willkommen war. Aber dann wollte uns dieser fette Kerl nicht überholen lassen, und wir erledigten ihn. Es war Alans Idee, den Miata ein Stück weiter in den Graben zu fahren. Vielleicht würden sie es ihr anhängen. Ist schließlich egal, oder?"

„Hättet ihr ihn auch abgedrängt, wenn er aus einem anderen Bundesstaat gekommen wäre?" fragte ich, weil ich nicht sicher war, das System verstanden zu haben.

„Vielleicht. Möglicherweise. Aber nur Kalifornier zählen. Diese arme Leslie hier.“ Er zeigte auf das Foto des vermißten Mädchens. „Für die habe ich keine Punkte bekommen. Sie hat mich einfach angekotzt. Ihr Bild sehe ich mir trotzdem gern an. Hübsch ist sie, wie deine Freundin hier. Als ich mit ihr fertig war, war sie natürlich nicht mehr ganz so hübsch. Da oben auf dem Regal, das ist ihre kleine Titte.“ Dabei drückte er so fest Ericas Brust, daß sie nach Luft schnappte. Dann lachte er. „Los, Alan, du gehst vor. Wir nehmen die Mädchen raus zum Feuerplatz und legen sie dort um. Oh, hier hast du deine Bonbons.“ Doug warf Alan ein durchsichtiges Plastiktütchen zu, und ich beobachtete mit Interesse, wie Alan den langen Nagel seines kleinen Fingers in das weiße Pulver tauchte, es erst ins eine, dann ins andere Nasenloch stopfte und heftig hochzog. Ich fragte mich, welche Droge Dougie Alan verpaßte. Kokain wahrscheinlich, aber es konnte auch Crack sein oder sonst etwas. Was immer es war, mit Sicherheit half es Doug, Alan unter Kontrolle zu halten.

Neu motiviert, reckte Pinkerton die Schultern. Er nahm den Auftrag, voranzugehen, offensichtlich ernst. Doug wies mich an zu folgen, er bildete das Schlußlicht, seine Pistole weiterhin an Ericas Schläfe gepreßt.

„Eine dumme Bewegung, und du kannst die hier vergessen“, sagte er zu mir. Ich nickte und ging hinter Alan her, der ungeduldig darauf wartete, unsere kleine Prozession anzuführen. Im Umdrehen sah ich aus dem Augenwinkel eine Bewegung. Ich tat, als wollte ich meine Nackenmuskulatur strecken, und versuchte noch einen Blick zu erhaschen. Aber was immer es war, es war verschwunden.

Alan führte uns durch dichtes Unterholz auf eine Waldlichtung. Dort war auf einem Erdwall eine große Feuerstelle ausgehoben, umgeben von Steinen.

„Ausziehen", befahl Doug, nahm die Pistole einen Augenblick von Ericas Schläfe und deutete auf mich. „Beide."

Erica und ich sahen einander an und begannen langsam, unsere Hemden aufzuknöpfen. Ihre Augen glühten, und ich befürchtete, sie würde aus lauter Wut eine Dummheit machen. Ich versuchte, sie mit meinem Blick zu beruhigen, so gut es ging.

„Mein Dad sagt, du bist eine Perverse." Doug drehte sich um und spuckte auf den Boden. „Du hast wohl nur auf den richtigen Mann gewartet, was?"

„Ich kann mir nicht vorstellen, daß dein Vater dieses Wort benutzt hat", erwiderte ich.

„Stimmt. Er sagte etwas wie ‚Sie ist lesbisch orientiert'. Was mich betrifft, bist du eine mösenschleckende Perverse. Zieh deine Hose aus."

Als ich meine Schuhbänder aufzog, bemerkte ich in den Büschen hinter Doug eine Bewegung und diesmal auch ein metallisches Blitzen, bevor der Umriß wieder verschwand. Da war jemand mit einer Waffe, soviel war sicher. Dunk? Mein Herz setzte einen Schlag aus, denn vielleicht, vielleicht war es ja Sheriff Booker oder, besser noch, Martha. Aber die Gestalt war größer gewesen als die beiden, dachte ich mit sinkender Hoffnung. Außerdem wußte niemand, daß es die Festung gab, geschweige denn, daß wir hier waren.

Stell dich darauf ein, Cassidy, sagte ich mir, hier rettet dich niemand, und du kannst überhaupt nichts machen, solange Dougie die Pistole auf Erica richtet. Wenn ich nur wüßte, wie ich ihn ablenken und ihm irgenwie die Waffe abnehmen kann, dachte ich. Ich mußte Zeit schinden und den richtigen Moment abwarten.

„Beeil dich!“ sagte Pinkerton, trat hinter mich und stieß mich so heftig in den Rücken, daß ich hinfiel. Als ich zu ihm aufsah, hatte er die Hände in der Hose und rieb seinen Schwanz.

„Los“, sagte Doug. „Du fängst mit der hier an. Ich nehme die andere. Dann tauschen wir.“ Er grabschte Erica an die nackte Brust, und als sie seine Hand wegstieß, schlug er ihr mit dem Griff der Pistole ins Gesicht, daß ihre Nase zu bluten begann.

Alans Augen wurden vor Erregung zu schmalen Schlitzen, er zog den Reißverschluß seiner Hose auf und zeigte eine abnorm große Erektion. Er stand über mir und schwenkte seinen Ständer. Ein dünner Speichelfaden troff aus seinem offenen Mund.

„Runter damit!“ bellte eine tiefe wütende Stimme. Wir sahen Jess Martin hinter einem Baum hervortreten. Er zielte mit einem langen Doppellaufgewehr auf seinen Sohn. Trotz seiner offensichtlichen Wut zitterte seine Stimme. Ich wußte genau, wie er sich fühlte.

„Doug!“ schrie ich. „Es ist vorbei. Laß die Waffe fallen!“

„Halt's Maul“ zischte er mich an. „Los, dreh dich um und hau ab, Dad. Lauf weg, wie in Vietnam. Ich weiß alles über deine unehrenhafte Entlassung. Wie du dich geweigert hast, die verdammten Schlitzaugen zu erschießen. Du warst ein Feigling und bist ein Feigling!“

„Das genügt, Sohn“, sagte Jess mit eiskalter Stimme, das Gewehr auf Dougies Kopf gerichtet.

„Sohn?“ rief Dougie höhnisch. „Was für ein Witz! Ich bin nicht dein Sohn. Mein Vater hätte sein Land nicht im Stich gelassen wie du. Ich weiß nicht, wer mein wirklicher

Vater ist, aber ich weiß, daß er nicht so 'ne Tunte ist wie du!"

„Ich habe gesagt, das genügt, Doug. Laß die Pistole fallen." Jess' Stimme fing an zu beben.

„Sonst?" höhnte Dougie, nahm die Waffe von Ericas Schläfe und richtete sie auf seinen Vater. Die beiden standen keine fünf Meter entfernt und zielten aufeinander. Jess' Hand zitterte, Dougie lachte.

„Ich zähle bis drei, Daddy. Du kannst dich umdrehen und weggehen oder schießen. Wenn du bei drei immer noch dastehst, bist du ein toter Mann. Eins!"

„Tu's nicht, Doug", flehte ich. Ich sah mit Entsetzen, daß Pinkerton während des ganzen Auftritts nicht aufgehört hatte zu masturbieren.

„Zwei!" kreischte Doug, beide Hände am Pistolengriff.

„Um Gottes willen!" rief ich. „Er ist dein Vater! Laß ihn gehen!" Doug zuckte nicht einmal mit der Wimper, aber seine Lippen verzogen sich zu einem häßlichen Grinsen.

„Drei!" sagte er. Der Knall von zwei gleichzeitig abgefeuerten Schüssen zerschnitt die Luft. Blut spritzte wie ein Geysir, der Hirnmasse und Gewebe himmelwärts spuckte. Dougs Körper wurde zurückgeworfen und landete auf der Feuerstelle. Ihm gegenüber stand Jess, immer noch schußbereit, im Schock, den Mund offen, sah er mit an, wie sein Sohn von einer fremden Kugel zerrissen wurde.

Die kleine Jessie kam hinter einem Busch hervor, meinen Revolver in ihren zitternden Fäusten. Mit schreckgeweiteten Augen näherte sie sich langsam der Feuerstelle, die Waffe immer noch auf den Körper ihres Bruders gerichtet. Als sie sich vergewissert hatte, daß er nicht wieder aufstehen würde, legte sie die Pistole auf die Erde, sah verwirrt zu mir auf und fiel in Ohnmacht.

Ohne hinzusehen, spürte ich, wie Pinkerton sich bewegte. Ein Messer blitzte auf, als er seinen massigen Körper auf die Pistole warf. Ich stieß mit dem Fuß seitlich aus und traf ihn direkt in die Hoden. Er hatte nicht Zeit gehabt, sich die Hose hochzuziehen, und der Schaden, den dieser Tritt anrichtete, war unmittelbar ersichtlich. Er krümmte sich am Boden und hielt beide Hände vor sich, die rechte umklammerte noch das Messer. Seine blassen, wässerigen Augen waren wild, die winzigen Pupillen fast unsichtbar. Ich schnappte meine Waffe und zielte auf seine Mitte.

„Wirf das weg", sagte ich mit kaum verhohlener Wut. Pinkerton mußte meinen Gesichtsausdruck richtig interpretiert haben, denn er warf das Messer weg und stopfte wimmernd wie ein kleines Kind sein schlappes Glied vorsichtig in die Hose.

20

Wir standen vor der Festung, denn niemand wollte sich drinnen bei der grausigen Sammlung aufhalten. Nachdem Erica und ich uns angezogen hatten, holte ich Gammon und Panic, und wir streichelten und beruhigten sie abwechselnd, während Jess seine Tochter im Arm hielt. Pinkerton hatten wir an einen Baum gebunden, wir hörten ihn wimmern wie ein verwundetes Tier.

Jessie war aus ihrer Ohnmacht aufgewacht, sagte, daß sie müde sei und noch ein wenig weiterschlafen wolle, worauf sie ins Vergessen zurücksank. Jess legte sie auf die Erde, deckte sie mit seiner Jacke zu und ließ sie schlafen. Puls und Atmung waren normal, aber wir drei bewachten sie aufmerksam.

„Sie hat einen Schock", sagte Jess. „Ich hoffe zu Gott, daß sie keinen Schaden nimmt."

Ich legte meinen Arm um Jess und führte ihn zur Seite, damit unsere Stimmen seine Tochter nicht störten. Der Tag verdämmerte, und die Abendluft wurde kühl. Wie gern wäre ich zu Hause mit Erica vor dem Kaminfeuer gewesen oder noch besser im kuscheligen Bett. Aber Jess hatte gesagt, Sheriff Booker sei auf dem Weg, und wir beschlossen, auf ihn zu warten.

„Alles in Ordnung?" fragte ich und ergriff seine Hand.

Er zuckte mit den Schultern und fischte sich mit zitternder Hand eine Zigarette aus der Tasche. Seine Augen waren rot gerändert, er sah zehn Jahre älter aus als heute morgen.

„Wenn ich gewußt hätte, daß sie da ist, hätte ich ihn erschossen. Nie und nimmer hätte ich zugelassen, daß mein kleines Mädchen so etwas durchmachen muß." Seine Stimme war rauh vor Schmerz.

Es gab soviel zu sagen und keine wirklich gute Art, es auszudrücken. Erica und ich standen ihm bei, indem wir ihm versicherten, daß er von ihrer Anwesenheit unmöglich wissen konnte, aber unsere Worte prallten an seinem Kummer ab.

Schließlich wechselte Erica das Thema und fragte: „Wie haben Sie hierher gefunden? Und woher wissen Sie, daß der Sheriff unterwegs ist?"

„Er kam vor einer Weile zu uns, weil er nachsehen wollte, ob Doug daheim war. Da wußte ich, daß etwas faul war. Ich berichtete ihm, was Cass mir heute morgen über das Feuer erzählt hatte, und er vertraute mir an, daß Dunk ihm fast alles gestanden hatte. Er sagte, daß Dunk sie zu einer Festung im Wald führen würde, wo die Jungen Beweismaterial für die von ihnen begangenen Verbrechen aufbewahrten. Er warte nur noch auf Verstärkung und ginge dann zur Festung."

Seine Stimme gewann beim Sprechen wieder Sicherheit, und ich drückte Ericas Hand, um zu zeigen, daß sie gut daran getan hatte, diese Frage zu stellen.

„Kurz nachdem der Sheriff weg war", fuhr Jess fort, „sah ich euch beide in der Stadt. Ich wollte euch nachgehen, um zu berichten, was er mir gesagt hatte, aber irgendwie sah ich euch an, daß ihr etwas vorhattet. Ich kann nicht sagen, ich war mir sicher, daß ihr zur Festung geht, aber ich hatte ein schlechtes Gefühl. Es war wie eine Vorahnung. Das ist mir einmal in Vietnam passiert und hat mir das Leben gerettet, deswegen nehme ich es nicht leicht, wenn es mir heute passiert. Eines Tages wachte ich auf und konnte nicht mehr töten. Ich konnte einfach nicht mehr. Ich weiß nicht, wie viele Leben ich ausgelöscht habe, und dann plötzlich, von einem Tag auf den anderen, war ich wie erstarrt. Was ich dann durchmachte, ist unbeschreiblich. Aber das ist nichts im Vergleich zu heute. Nicht annähernd."

Jess hatte diesen entrückten Blick, der mir größte Angst einjagte. Er war vom Thema abgekommen, und ich befürchtete, ihn nicht wieder zurückholen zu können. Ich klopfte ihm leicht auf die Schulter.

„Was ist passiert, als du uns hast vorbeigehen sehen, Jess?" fragte ich.

Seine Augen wurden schmal vor Konzentration, und

ich sah, wie er sich in die Gegenwart zurückkämpfte. Dann waren seine Augen wieder klar, und ich seufzte erleichtert. „Gut. Ich wickelte ein großes Handtuch um das Gewehr, das Bonnie unbedingt im Haus haben will, obwohl sie weiß, was ich von Waffen halte, und ging euch nach. Ein paarmal verlor ich euch fast, weil ich Abstand halten wollte. Als der Zug durch den Tunnel donnerte, bekam ich beinahe einen Herzinfarkt. Ich hatte keine Ahnung, daß Jessie mir folgte. Sie muß deine Pistole in der Festung gefunden haben und euren Stimmen bis zur Feuerstelle nachgegangen sein. Wenn ich nur gewußt hätte, daß sie da ist, ich hätte ihn erschossen. Ich konnte einfach nicht glauben, daß Doug auf mich schießen würde. Aber er hat geschossen, nicht wahr?" Seine Stimme versagte, er krümmte sich und hielt sich die Seiten. Sein Körper wurde von Schluchzen geschüttelt, er preßte die Hände gegen die Rippen. Ich wünschte, es gäbe Worte für seinen Schmerz. Wenn es sie gab, kannte ich sie nicht, und so tröstete ich ihn stumm.

Wir hörten etwas, dann sahen wir sie. Zuerst Dunk, seine schlacksige Gestalt mit den hängenden Schultern führte den Sheriff den Hügel hinauf. Hinter dem Sheriff kamen Sergeant Grimes und die beiden uniformierten Beamten, die am ersten Tag an Walter Trinidads Steg dabeigewesen waren. Sie hielten ihre Pistolen im Anschlag. Als sie uns auf der Hügelkuppe beisammenstehen sahen, steckten sie sie ins Halfter zurück und eilten auf uns zu.

Wir erzählten abwechselnd die Geschichte, zeigten ihnen das Fort, führten sie zu Pinkerton, der endlich aufgehört hatte zu wimmern, und schließlich zu Dougs Leiche. Grimes steckte meinen Revolver ein, und ich wußte, es würde lange dauern, bis ich ihn wiedersah.

Es war fast dunkel, und obwohl ich eine Jacke trug, verursachte eine leichte Brise mir Gänsehaut an den Armen. Erica zitterte vor Kälte, und ich legte meinen Arm um ihre Schultern. Das trug mir ein Grunzen von Grimes ein, aber das war mir herzlich egal. Als es nichts mehr zu tun gab, sagte ich Sheriff Booker, daß wir zurückgingen. Er begleitete uns bis zum Hügel und reichte uns eine Taschenlampe.

„Cassidy James", sagte er und legte den Arm um mich. „Ich möchte Ihnen mehrere Dinge sagen. Erstens, ich mag Sie. Sie lassen sich von einem Typen wie Grimes nicht einschüchtern, und dazu braucht es Schneid. Ich mag Mädchen mit Schneid. Macht sie interessanter." Seine blauen Augen blitzten, und er zwinkerte Erica zu.

Ich konnte dem Sheriff später immer noch eine Lektion in Feminismus erteilen, dachte ich, aber ich verstand, was er meinte.

„Zweitens", fuhr er fort, „möchte ich mich entschuldigen, daß ich Sie anfangs nicht ernst genommen habe. Ich bin mittlerweile von Ihren Fähigkeiten überzeugt, und selbst dieser widerliche Grimes versucht zu ergründen, wie es Ihnen gelungen ist, ihn zu schlagen. Und schließlich", seine Stimme wurde wieder ganz ernst, „wenn ich Sie das nächstemal bitte, nichts zu überstürzen, tun Sie mir den Gefallen und hören auf mich. In dieser Kleinstadt muß niemand den einsamen Cowboy spielen. Ich möchte Sie nicht irgendwo tot auffinden und mich den Rest meines Lebens schuldig fühlen müssen. Kapiert?"

Als Antwort stellte ich mich auf die Zehenspitzen und küßte seine braungebrannte Wange, die sich rötlich verfärbte, wie ich selbst im Dämmerlicht feststellen konnte.

„Kapiert", sagte ich.

Mit Hilfe der Taschenlampe führte ich Erica den Hügel hinab, trug die Pappschachtel mit Panic und Gammon durch den schrecklichen Tunnel, das Unterholz und die Straßen von Cedar Hills, dann über das dunkle Wasser des Rainbow Lake nach Hause.

21

Draußen warf die Sonne Gold- und Silberflitter auf das Wasser, Vögel tauchten und fischten im Morgenlicht. Es war schon nach elf, aber wir kuschelten immer noch im Bett und blickten gelegentlich hinaus auf den See. Eine Woche war seit dem Tag am Fort vergangen. Nachdem wir die Formalitäten und den Papierkram erledigt und Trinidads Leiche nach L.A. zurückgeschickt hatten, verbrachten wir die meiste Zeit im Bett, manchmal unterbrochen von einem Ausflug in die Küche für eine kleine Mahlzeit oder ein Glas Wein oder gelegentlich ein heißes Bad auf der Terrasse, entfernten uns aber nie weit voneinander.

Wir lagen uns in den Armen, die Katzen hatten sich zwischen uns zusammengerollt, als sich das unverkennbare Geräusch eines Motorbootes näherte. Ich stützte mich auf einen Ellbogen und spähte hinaus. Zu meiner Freude war es Martha.

Wir sahen sie anlegen und einen großen Picknickkorb aus dem Boot heben. Sie trug weiße Shorts und ein buntes Hawaii-Hemd, ihre helle Haut war vom Fahrtwind gerötet. Ich beugte mich aus dem Bett, griff nach Ericas Hemd und reichte es ihr, dann zog ich mein Hemd über den Kopf. Es ist nur Martha, überlegte ich. Eigentlich kein Grund, aufzustehen.

„Jemand zu Hause?" fragte sie, hielt die Hände an die Scheibe des Schlafzimmerfensters und spähte herein. Ich drohte ihr mit dem Finger, sie grinste und kam durch die Vordertür ins Haus. Dann stand sie am Fußende unseres Bettes, lächelte auf uns herab und hielt immer noch den Korb in der Hand.

„Ich dachte schon, ihr wärt gestorben. Habt ihr den Telefonstecker rausgezogen? Mal ehrlich, seid ihr diese Woche überhaupt aus dem Bett gekommen?"

„Einmal", sagte ich. „Um ins Bad zu gehen." Wir lachten, und Martha begann den Korb auszupacken.

„Ich bin gekommen, euch vor euch selbst zu retten", sagte sie. „Das leibliche Wohl zuerst, weil ich glaube, daß ihr euch nicht angemessen ernährt habt." Damit öffnete sie eine Flasche Champagner und schenkte drei Gläser ein. Sie reichte jeder von uns ein Glas und hob das ihre zum Trinkspruch.

„Auf neue Freundinnen. Und auf die alten." Sie zwinkerte mir zu.

Wir nippten am eiskalten Champagner, ließen die Perlen in der Nase kitzeln und sahen zu, wie sie Croissants aus dem Korb holte, einen Teller mit Trauben und Birnenschnitzen, ein Stück abgelagerten Cheddar und ein Stück Blauschimmelkäse, eine kleine Dose Paté und schließlich in Papier gewickelte Schokoladentrüffel. Wir breiteten das Festmahl auf dem Bett aus und setzten Gammon und Panic trotz ihrer Proteste auf den Boden. Ich brach Stückchen vom Cheddar ab, um sie zu trösten, aber beide drehten sich um und gingen beleidigt aus dem Zimmer.

„Ich hätte ihnen Sardinen mitbringen sollen", sagte Martha und ließ sich uns gegenüber im Schneidersitz auf dem Bett nieder.

Wir fragten nach Neuigkeiten, und sie brachte uns, während wir aßen, aufs Laufende. Jess und Jessie waren zum Campen gefahren, um einige Zeit miteinander zu verbringen, nachdem die Formalitäten durchgestanden waren. Glücklicherweise hatte der Bezirksrichter entschieden, daß kein Grund vorlag, die kleine Jessie vor Gericht zu bringen, und anscheinend war sogar Grimes damit einverstanden. Bonnie, Jess' Frau, war nicht fähig, das Geschehene zu bewältigen, und zu ihrer Mutter gereist. Pinkerton sei vorerst in eine Einrichtung für jugendliche Delinquenten in Portland eingewiesen worden, erzählte Martha. Er war so voller Kokain, daß die Entziehung einige Zeit in Anspruch nahm. Er würde lange Zeit in einem Jugendgefängnis verbringen, und wenn sie ihn nach Erwachsenenstrafrecht behandelten, sicher noch länger. Bei Dunk hatte sich herausgestellt, daß er nur am Rande beteiligt war. Er würde wohl nicht lange in der Jugendhaftanstalt bleiben, wo er jetzt war.

„Und was ist mit Ed Beechcomb?" fragte ich und biß ein Stück Käse ab.

„Oh, er ist wieder in der Stadt. Betty weigerte sich, ihn anzuzeigen, selbst als er sie endgültig aus dem Haus geworfen hatte. Als er verlangte, daß sie ihm die Wahrheit über ein Gerücht sagte, das in der Stadt im Umlauf war, konnte sie sich anscheinend nicht mehr bremsen. Ich nehme an, die Liste war ellenlang. Ed hatte einfach die Nase voll. Trotzdem tut er mir mehr leid als sie. Sie ist bereits zu grüneren Weiden abgereist. Es heißt, der kleine Tommy Green sei von der ganzen Geschichte am Boden zerstört."

„Und Cass wollte ihn schon aufklären", neckte Erica mich mit einem kleinen Rippenstoß.

„Oh, und die Familie, deren Haus niederbrannte?" fuhr Martha am Champagner nippend fort. „Sie haben sich entschlossen, das Haus wieder aufzubauen. Sie sagen, die Leute von Cedar Hills waren in der Stunde der Not so nett zu ihnen, daß sie es nicht übers Herz bringen, woandershin zu gehen. Ich habe übrigens deine Post mitgebracht, falls es dich interessiert."

Unter den Rechnungen und Werbesendungen befand sich auch ein rosa Briefumschlag, sauber handschriftlich an mich adressiert. Der Absender lautete einfach „Jessie". Ich riß den Umschlag auf und las den Brief laut vor:

„Liebe Cass (nach all dem, was wir durchgemacht haben, wäre Miss James wohl ein wenig zu förmlich. Ich hoffe, es ist dir recht.) Dad meint, ich soll dir schreiben, damit du weißt, daß alles in Ordnung ist. Wir campen an einem Fluß in Washington und tun nichts als Wandern und Fischen. Meistens unterhalten wir uns, und wie! Dad sagt, du hast dir große Sorgen um mich gemacht, aber es geht mir gut. Dad ist es, der eine schwere Zeit hat. Er redet immer wieder davon, daß er nicht abdrücken konnte und ich es für ihn tun mußte. Nach diesen Ferien gehen wir beide zu einer Therapeutin in Kings Harbor. Sie heißt Maggie. Deine Freundin bei der Polizei, Martha, hat uns einen Termin bei ihr verschafft, bevor wir abfuhren, und sie ist wirklich nett. Sie erinnert mich an dich, aber ich glaube, sie ist älter."

Ich lächelte und las weiter: „Ich habe es Dad so erklärt:

Wäre er imstande gewesen, Dougie zu erschießen, hätte ihn das nicht tapferer gemacht. Dad hat bis zum Schluß geglaubt, Dougie würde zur Besinnung kommen. Dad versteht nicht, daß es schlechte Menschen gibt. Darin unterscheiden wir uns. Ich wußte, daß Dougie schlecht war. Es war nicht tapfer von mir, Dougie zu erschießen. Ich war eben in diesem Augenblick, als er die Pistole erst auf Erica, dann auf Dad richtete, die einzige, die ihn stoppen konnte. Und das wußte ich mit Sicherheit: Dougie mußte gestoppt werden. Ich weine immer noch viel, aber ich fühle mich nicht schuldig. Nur traurig. Erinnerst du dich daran, daß ich Cop werden wollte? Dad sagt, das kommt von meinem inneren Drang, Gutes zu tun und die Bösen zu stoppen. Nun, da Dougie nicht mehr da ist, könnte man denken, daß ich es nicht mehr so sehr möchte, aber ich denke immer noch, daß ich dazu bestimmt bin, Cop zu werden. Klingt das verrückt? Ich hoffe nicht, denn ich will dich um einen Gefallen bitten."

Ich nippte an meinem Champagner und fragte mich, was sie wollte. „Meinst du, ich könnte dich mal bei einer Aufklärung begleiten, wenn ich wieder zurück bin? Ich weiß, daß ich erst zehn bin, aber nächsten Monat werde ich elf und bin kein Baby mehr, wie du gesehen hast. Ich könnte wirklich eine Hilfe sein, wenn du mir eine Chance gibst, also überleg es dir bitte. Nun mache ich lieber Schluß. Dad ist unten am Fluß und ruft wie verrückt nach dem Netz, weil er glaubt, Moby Dick gefangen zu haben. Der letzte war etwa zehn Zentimeter lang. Bis bald."

Aus unerklärlichem Grund standen mir Tränen in den Augen, und ich hatte Mühe, durch die letzten Zeilen zu kommen. Die kleine Jess wird alles gut überstehen, dachte ich immer wieder. Alle werden es gut überstehen.

Erica drückte meine Hand und hob ihr Glas. „Auf die Nachwuchsdetektivinnen", sagte sie, und ihre blauen Augen lächelten mich unwiderstehlich an. Wir stießen mit unseren Gläsern an, und als ich den Champagner schlürfte, wußte ich: Manchmal ist es einfach eine Lust zu leben.

Offensive Krimis Offensive Krimis Offensive

Kate Calloway, Erster Eindruck
ISBN 3-88104-292-X
Pat Welch, Ein anständiges Begräbnis
ISBN 3-88104-286-5
Pat Welch, Stille Wasser
ISBN 3-88104-249-0
Pat Welch, Das Blut des Lammes
ISBN 3-88104-218-0
Rose Beecham, Fair Play
ISBN 3-88104-284-9
Rose Beecham, 2x darfst du raten
ISBN 3-88104-271-7
Rose Beecham, Ihr Auftritt, Amanda
ISBN 3-88104-248-2
Lauren Wright Douglas, Lavendelbucht
ISBN 3-88104-291-1
Lauren Wright Douglas, Die Wut der Mädchen
ISBN 3-88104-263-6
Lauren Wright Douglas, Jahrmarkt des Bösen
ISBN 3-88104-250-4
Lauren Wright Douglas, Herz der Tigerin
ISBN 3-88104-236-9
Claire McNab, Geheimer Kreis
ISBN 3-88104-290-3
Claire McNab, Marquis läßt grüßen
ISBN 3-88104-277-6
Claire McNab, Bodyguard
ISBN 3-88104-264-4
Claire McNab, Das Ende vom Lied
ISBN 3-88104-242-3
Claire McNab, Ausradiert
ISBN 3-88104-217-2
Claire McNab, Tod in Australien
ISBN 3-88104-214-8

Offensive Krimis Offensive Krimis Offensive